时间不是解药，但解药在时间里

史铁生 等 著

北京联合出版公司
Beijing United Publishing Co.,Ltd.

图书在版编目（CIP）数据
时间不是解药，但解药在时间里 / 史铁生等著 .
北京：北京联合出版公司，2025.1（2025.9 重印）.
ISBN 978-7-5596-8077-8
Ⅰ . I266
中国国家版本馆 CIP 数据核字第 2024MA2617 号

时间不是解药，但解药在时间里

作　　者：史铁生等
出 品 人：赵红仕
责任编辑：孙志文
选题创意：北京青梅树下文化传媒有限公司
策划制作：子非鱼
封面设计：末末美书
版式设计：末末美书
封面插画：视觉中国
内文插画：舟蒲麦
内文排版：麦莫瑞

北京联合出版公司出版
（北京市西城区德外大街 83 号楼 9 层　100088）
北京联合天畅文化传播公司发行
北京美图印务有限公司印刷　新华书店经销
字数 159 千字　880 毫米 ×1230 毫米　1/32　8.75 印张
2025 年 1 月第 1 版　2025 年 9 月第 4 次印刷
ISBN 978-7-5596-8077-8
定价：52.00 元

有一天那个孩子长大了，会想起童年的事，会想起那些晃动的树影儿，会想起他自己的妈妈。他会跑去看看那棵树。但他不会知道那棵树是谁种的，是怎么种的。

我行过许多地方的桥，看过许多次数的云，喝过许多种类的酒，却只爱过一个正当最好年龄的人。

儿女是属于他们自己的。他们的现在，和他们的未来，都应由他们自己来设计。一个想用自己理想的模式塑造自己的孩子的父亲是愚蠢的，而且，可恶！另外，作为一个父亲，应该尽量保持一点童心。

世界是喧闹的。我们现在无法逃到深山里去，唯一的办法是闹中取静。

有喜有忧，有笑有泪，有花有实，有香有色，既须劳动，又长见识，这就是养花的乐趣。

有时候，只要把心胸敞开，快乐也会逼人而来。这个世界，这个人生，有其丑恶的一面，也有其光明的一面。良辰美景，赏心乐事，随处皆是。

目录

辑一 时间不是解药，但解药在时间里

有一天那个孩子长大了，会想起童年的事，会想起那些晃动的树影儿，会想起他自己的妈妈。他会跑去看看那棵树，但他不会知道那棵树是谁种的，是怎么种的。

辑二

我愿意舍弃一切，以想念你终此一生

我想要在茅亭里看雨、假山边看蚂蚁，看蝴蝶恋爱，看蜘蛛结网，看水，看船，看云，看瀑布，看宋清如甜甜地睡觉。

辑三

心迹未予外人阅，花枝一束故人香

志摩的最动人的特点，是他那不可信的纯净的天真，对他的理想的愚诚，对艺术欣赏的认真，体会情感的切实，全是难能可贵到极点。

辑四

亲爱的孩子，我想对你说

儿女是属于他们自己的。他们的现在，和他们的未来，都应由他们自己来设计。一个想用自己理想的模式塑造自己的孩子的父亲是愚蠢的，而且，可恶！另外，作为一个父亲，应该尽量保持一点童心。

辑五

心怀宇宙浪漫，也珍惜人间日常

我爱花，所以也爱养花。我可还没成为养花专家，因为没有工夫去做研究与试验。我只把养花当作生活中的一种乐趣，花开得大小好坏都不计较，只要开花，我就高兴。

辑六
人生缓缓，自有答案

静，是一种气质，也是一种修养。诸葛亮云：“非淡泊无以明志，非宁静无以致远。”心浮气躁，是成不了大气候的。静是要经过锻炼的，古人叫作“习静”。

辑一 时间不是解药，但解药在时间里

有一天那个孩子长大了，会想起童年的事，会想起那些晃动的树影儿，会想起他自己的妈妈。他会跑去看看那棵树，但他不会知道那棵树是谁种的，是怎么种的。

合欢树[1]

· 史铁生

十岁那年，我在一次作文比赛中得了第一。母亲那时候还年轻，急着跟我说她自己，说她小时候的作文作[2]得还要好，老师甚至不相信那么好的文章会是她写的。“老师找到家来问，是不是家里的大人帮了忙。我那时可能还不到十岁呢。”我听得扫兴，故意笑：“可能？什么叫可能还不到？”她就解释。我装作根本不再注意她的话，对着墙打乒乓球，把她气得

① 选自《我与地坛》，史铁生著，北京：人民文学出版社，2011年1月。

② 为适应今天读者的阅读习惯，本书中的“做”“作”“他”“它”“的”“得”“地”“么”“甚么”“罢”“惟”“功夫”“工夫”“决不”“决非”“凭藉”“已往”“呵”均采用现代用法，后文不再说明。

够呛。不过我承认她聪明，承认她是世界上长得最好看的女的。她正给自己做一条蓝地白花的裙子。

二十岁，我的两条腿残废了。除去给人家画彩蛋，我想我还应该再干点别的事，先后改变了几次主意，最后想学写作。母亲那时已不年轻，为了我的腿，她头上开始有了白发。医院已经明确表示，我的病目前没办法治。母亲的全副心思却还放在给我治病上，到处找大夫，打听偏方，花很多钱。她倒总能找来些稀奇古怪的药，让我吃，让我喝，或者是洗、敷、熏、灸。“别浪费时间啦！根本没用！”我说。我一心只想着写小说，仿佛那东西能把残疾人救出困境。“再试一回，不试你怎么知道有用没用？”她说每一回都虔诚地抱着希望。然而对我的腿，有多少回希望就有多少回失望。最后一回，我的胯上被熏成烫伤。医院的大夫说，这实在太悬了，对于瘫痪病人，这差不多是要命的事。我倒没太害怕，心想死了也好，死了倒痛快。母亲惊惶了几个月，昼夜守着我，一换药就说：“怎么会烫了呢？我还直留神呀！”幸亏伤口好起来，不然她非疯了不可。

后来她发现我在写小说。她跟我说：“那就好好写吧。”我听出来，她对治好我的腿也终于绝望。“我年轻的时候也最喜欢文学。”她说，“跟你现在差不多大的时候，我也想过搞写作。”“你小时候的作文不是得过第一？”她提醒我说。

我们俩都尽力把我的腿忘掉。她到处去给我借书，顶着雨或冒了雪推我去看电影，像过去给我找大夫，打听偏方那样，抱了希望。

三十岁时，我的第一篇小说发表了，母亲却已不在人世。过了几年，我的另一篇小说又侥幸获奖，母亲已经离开我整整七年。

获奖之后，登门采访的记者就多。大家都好心好意，认为我不容易。但是我只准备了一套话，说来说去就觉得心烦。我摇着车躲出去。坐在小公园安静的树林里，我闭上眼睛，想：上帝为什么早早地召母亲回去呢？很久很久，迷迷糊糊地，我听见回答："她心里太苦了。上帝看她受不住了，就召她回去。"我似乎得到一点儿安慰，睁开眼睛，看见风正从树林里吹过。

我摇车离开那儿，在街上瞎逛，不想回家。

母亲去世后，我们搬了家。我很少再到母亲住过的那个小院儿去。小院儿在一个大院儿的尽里头，我偶尔摇车到大院儿去坐坐，但不愿意去那个小院儿，推说手摇车进去不方便。院儿里的老太太们还都把我当儿孙看，尤其想到我又没了母亲，但都不说，光扯些闲话，怪我不常去。我坐在院子当中，喝东家的茶，吃西家的瓜。有一年，人们终于又提到母亲："到小院儿去看看吧，你妈种的那棵合欢树今年开花了！"我心里一阵抖，还是推说手摇车进出太不易。大伙儿就不再说，忙扯些别的，说起我们原来住的房子里现在住了小两口，女的刚生了个儿子，孩子不哭不闹，光是瞪着眼睛看窗户上的树影儿。

我没料到那棵树还活着。那年，母亲到劳动局去给我找工作，回来时在路边挖了一棵刚出土的“含羞草”，以为是含羞草，种在花盆里长，竟是一棵合欢树。母亲从来喜欢那些东西，但当时心思全在别处。第二年合欢树没有发芽，母亲叹息了一回，还不舍得扔掉，依然让它长在瓦盆里。第三年，合欢树却又长出叶子，而且茂盛了。母亲高兴了很多天，以为那是个好兆头，常去侍弄它，不敢再大意。又过一年，她把合欢树移出盆，栽在窗前的地上，有时念叨，不知道这种树几年才开花。再过一年，我们搬了家，悲痛弄得我们都把那棵小树忘记了。

与其在街上瞎逛，我想，不如就去看看那棵树吧。我也想再看看母亲住过的那间房。我老记着，那儿还有个刚来到世上的孩子，不哭不闹，瞪着眼睛看树影儿。是那棵合欢树的影子吗？小院儿里只有那棵树。

院儿里的老太太们还是那么欢迎我，东屋倒茶，西屋点烟，送到我眼前。大伙儿都不知道我获奖的事，也许知道，但不觉得那很重要；还是都问我的腿，问我是否有了正式工作。这回，想摇车进小院儿真是不能了。家家门前的小厨房都扩大，过道窄到一个人推自行车进出也要侧身。我问起那棵合欢树。大伙儿说，年年都开花，长到房高了。这么说，我再看不见它了。我要是求人背我去看，倒也不是不行。我挺后悔前两年没有自己摇车进去看看。

我摇着车在街上慢慢走，不急着回家。人有时候只想独自静静地待一会儿。悲伤也成享受。

有一天那个孩子长大了，会想起童年的事，会想起那些晃动的树影儿，会想起他自己的妈妈。他会跑去看看那棵树。但他不会知道那棵树是谁种的，是怎么种的。

秋天的怀念[1]

· 史铁生

双腿瘫痪后，我的脾气变得暴怒无常。望着望着天上北归的雁阵，我会突然把面前的玻璃砸碎；听着听着李谷一甜美的歌声，我会猛地把手边的东西摔向四周的墙壁。母亲就悄悄地躲出去，在我看不见的地方偷偷地听着我的动静。当一切恢复沉寂，她又悄悄地进来，眼边红红的，看着我。“听说北海的花儿都开了，我推着你去走走。”她总是这么说。母亲喜欢花，可自从我的腿瘫痪后，她侍弄的那些花都死了。“不，我不去！”我狠命地捶打这两条可恨的腿，喊着，“我可活什么劲！”母亲扑过来抓住我的手，忍住哭声说：“咱娘儿俩在一

---

① 选自《我与地坛》，史铁生著，北京：人民文学出版社，2011年1月。

块儿，好好儿活，好好儿活……”

可我却一直都不知道，她的病已经到了那步田地。后来妹妹告诉我，她常常肝疼得整宿整宿翻来覆去地睡不了觉。

那天我又独自坐在屋里，看着窗外的树叶唰唰啦啦地飘落。母亲进来了，挡在窗前：“北海的菊花开了，我推着你去看看吧。”她憔悴的脸上现出央求般的神色。“什么时候？”“你要是愿意，就明天？”她说。我的回答已经让她喜出望外了。“好吧，就明天。”我说。她高兴得一会儿坐下，一会儿站起：“那就赶紧准备准备。”“哎呀，烦不烦？几步路，有什么好准备的！”她也笑了，坐在我身边，絮絮叨叨地说着：“看完菊花，咱们就去‘仿膳’，你小时候最爱吃那儿的豌豆黄儿。还记得那回我带你去北海吗？你偏说那杨树花是毛毛虫，跑着，一脚踩扁一个……”她忽然不说了。对于“跑”和“踩”一类的字眼儿，她比我还敏感。她又悄悄地出去了。

她出去了，就再也没回来。

邻居们把她抬上车时，她还在大口大口地吐着鲜血。我没想到她已经病成那样。看着三轮车远去，也绝没有想到那竟是永远的诀别。

邻居的小伙子背着我去看她的时候，她正艰难地呼吸着，像她那一生艰难的生活。别人告诉我，她昏迷前的最后一句话是："我那个有病的儿子和我那个还未成年的女儿……"

又是秋天，妹妹推我去北海看了菊花。黄色的花淡雅，白色的花高洁，紫红色的花热烈而深沉，泼泼洒洒，秋风中正开得烂漫。我懂得母亲没有说完的话。妹妹也懂。我俩在一块儿，要好好儿活……

喝酒[①]

· 贾平凹

我在城里工作后，父亲便没有来过，他从学校退休在家，一直照管着我的小女儿。从来我的作品没有给他寄过，姨前年来，问我是不是写过一个中篇，说父亲听别人说过，曾去县上几个书店、邮局跑了半天去买，但没有买到。我听了很伤感，以后写了东西，就寄他一份，他每每又寄还给我，上边用笔批了密密麻麻的字。给我的信上说，他很想来一趟，因为小女儿已经满地跑了，害怕离我们太久，将来会生疏的。但是，一年过去了，他却未来，只是每一月寄一张小女儿的照片，叮咛好好写作，说："你正是干事的时候，就努力干吧，农民扬场

① 选自《贾平凹散文》，贾平凹著，北京：人民文学出版社，2005年5月。

趁风也要多扬几锨呢！但听说你喝酒厉害，这毛病要不得，我知道这全是我没给你树个好样子，我现在也不喝酒了。”接到信，我十分羞愧，便发誓再也不去喝酒，回信让他和小女儿一定来城里住，好好孝顺他老人家一些日子。

但是，没过多久，我惹出一些事来，我的作品在报刊上引起了争论。争论本是正常的事，复杂的社会上却有了不正常的看法，随即发展到作品之外的一些闹哄哄的什么风声雨声都有。我很苦恼，也更胆怯，像乡下人担了鸡蛋进城，人窝里前防后挡，唯恐被撞翻了担子。茫然中，便觉得不该让父亲来，但是，还未等我再回信，在一个雨天他却抱孩子搭车来了。

老人显得很瘦，那双曾患过白内障的眼睛，越发比先前滞呆。一见面，我有点惶恐，他看了看我，就放下小女儿，指着我让叫爸爸。小女儿斜头看我，怯怯地刚走到我面前，突然转身又扑到父亲的怀里，父亲就笑了，说：“你瞧瞧，她真生疏了，我能不来吗？”

父亲住下了，我们睡在西边房子，他睡在东边房子。小女儿慢慢和我们亲热起来，但夜里却还是要父亲搂着去睡。我叮咛爱人，把什么也不要告诉父亲，一下班回来，就笑着和他说话，他也很高兴，总是说着小女儿的可爱，逗着小女儿做好多本事给我们看。一到晚上，家里来人很多，都来谈社会上的风言风语，谈报刊上连续发表批评我的文章，我就关了西边门，让他们小声点，父亲一进来，我们就住了口。可我心里毕竟是乱的，虽然总笑着脸和父亲说话，小女儿有些吵闹了，就忍不住叱责，又常常动手去打屁股。这时候，父亲就过来抱了孩子，说孩子太嫩，怎么能打，越打越会生分，哄着到东边房子去了。我独自坐一会儿，觉得自己不对，又不想给父亲解释，便过去看他们。一推门，父亲在那里悄悄流泪，赶忙装着眼花了，揉了揉，和我说话，我心里愈发难受。

从此，我下班回来，父亲就让我和小女儿多玩一玩，说再过一些日子，他和孩子就该回去了。但是，夜里来的人很多，人一来，他就又抱了孩子到东边房子去了。这个星期天，一早起来，父亲就写了一个条子贴在门上："今日人不在家"，要一家人到郊外的田野里去逛逛。到了田野，他拉着小女儿跑，让叫我们爸爸，妈妈。后来，他说去给孩子买些糖果，就到远远的商店去了。好长的时候，他回来了，腰里鼓囊囊的，先掏出一包糖来，给了小女儿一把，剩下的交给我爱人，让她们到一边去玩。又让我坐下，在怀里掏着，是一瓶酒，还有一包酱羊肉。我很纳闷：父亲早已不喝酒了，又反对我喝酒，现在却怎么买了酒来？他使劲用牙启开了瓶盖，说：

"平儿，我们喝些酒吧，我有话要给你说呢。你一直在瞒着我，但我什么都知道了。我原本是不这么快来的，可我听人说你犯了错误了，不知道到底是什么情况，怕你没有经过事，才来看看你。报纸上的文章，我前天在街上的报栏里看到了，我觉得那没有多大的事。你太顺利了，不来几次挫折，你不会有大出息呢！当然，没事咱不寻事，出了事但不要怕事，别人怎么说，你心里要有个主见。人生是三节四节过的，哪能一直走平路？搞你们这行事，你才踏上步，你要安心当一生的事儿干了，就不要被一时的得所迷惑，也不要被一时的失所迷惘。这就是我给你说的，今日喝喝酒，把那些烦闷都解了去吧。来，你喝喝，我也要喝的。”

他先喝了一口，立即脸色通红，皮肉抽搐着，终于咽下了，嘴便张开往外哈着气。那不能喝酒却硬要喝的表情，使我手颤着接不住他递过来的酒瓶，眼泪唰唰地流下来了。

喝了半瓶酒，然后一家人在田野里尽情地玩着，一直到天黑才回去。父亲又住了几天，他带着小女儿便回乡下去了。但那半瓶酒，我再没有喝，放在书桌上，常常看着它，从此再没有了什么烦闷，也没有从此沉沦下去。

写给母亲[①]

· 贾平凹

一

在我四十岁以后，在我几十年里雄心勃勃所从事的事业、爱情遭受了挫折和失意，我才觉悟了做儿子的不是。母亲的伟大不仅在于生下血肉的儿子，还在于她并不指望儿子的回报，不管儿子离她多远又回来多近，她永远使儿子有亲情，有力量，有根有本。人生的车途上，母亲是加油站。

母亲一生都在乡下，没有文化，不善说会道，飞机只望见过天上的影子。她并不清楚我在远远的城里干什么，唯一晓得

① 选自《母亲》，胡适等著，丁帆编，南京：译林出版社，2020年4月。

的是我能写字，她说我写字的时候眼睛在不停地眨，就操心我的苦："世上的字能写完？！"一次一次地阻止我。前些年，母亲每次到城里小住，总是为我和孩子缝制过冬的衣物，棉花垫得极厚，总害怕我着冷，结果使我和孩子都穿得像狗熊一样笨拙。她过不惯城里的生活，嫌吃油太多，来人太多，客厅的灯不灭，东西一旧就扔，说："日子没乡下整端。"最不能忍受我打骂孩子，孩子不哭，她却哭，和我闹一场后就生气回乡下去。母亲每一次都高高兴兴来，每一次都生了气回去，回去了，我并未思念过她，甚至一年一年的夜里不曾梦着过她。母亲对我的好是我不能察觉的母亲对我的好，当我得意的时候，我忘记了母亲的存在；当我有委屈了就想给母亲诉说，当着她的面哭一鼻子。

母亲姓周，这是从舅舅那里知道的，但母亲叫什么名字，十二岁那年，一次与同村的孩子骂仗——乡下骂仗以高声大叫对方父母名字为最解气的——她父亲叫鱼，我骂她："鱼，鱼，河里的鱼！"她骂我："蛾，蛾，小小的蛾！"我清楚了母亲是叫周小娥的。大人物之所以是大人物，是名字被千万人呼喊，母亲的名字我至今没有叫过，似乎也很少听老家村子里的人叫过，但母亲不是大人物却并不失却她的伟大，她的老实、本分、善良、勤劳在家乡有口皆碑。现在有人讥讽我有农民的品性，我并不羞耻，我就是农民的儿子，母亲教育我的忍字，使我忍了该忍的事情，避免了许多祸灾发生，而我的错误在于忍了不该忍的事情，企图委曲求全却未能求全。

七年前，父亲做了胃癌手术。我全部的心思都在父亲身上。父亲去世后，我仍是常常梦到父亲，父亲依然还是有病痛的样子，醒来就伤心落泪，要买了阴纸来烧。在纸灰飞扬的时候，突然间我会想起乡下的母亲，又是数日不安，也就必会寄一笔钱到乡下去，寄走了钱，心安理得地又投入到我的工作中了，心中再也没有母亲的影子。老家的村子里，人都在夸我给母亲寄钱，可我心里明白，给母亲寄钱并不是我心中多么有母亲，完全是为了我的心理平衡，而母亲收到寄去的钱总舍不得花，听妹妹说，她把钱没处放，一卷一卷塞在床下的破棉鞋里，几乎让老鼠做了窝去。我埋怨过母亲，母亲说："我要那么多钱干啥？零着攒下了将来整着给你，你们都精精神神了，我喝凉水都高兴的，我现在又不至于喝着凉水！"去年回去，她真的把积攒的钱要给我，我气恼了，要她逢集赶会了去买个零嘴吃，她果然一次买回了许多红糖，装在一个瓷罐儿里，但凡谁家的孩子去她那儿了，就三个指头一捏，往孩子嘴里一塞，再一抹。孩子们为糖而来，得糖而去，母亲笑着骂着："喂不熟的狗！"末了就呆呆地发半天愣。

母亲在晚年是寂寞的，我们兄妹就商议了，主张她给大妹看管孩子，有孩子占心，累是累些，日月总是好打发的吧。

小外甥就成了她的尾巴，走到哪儿带到哪儿，一次婆孙到城里来，见我书屋里挂有父亲的遗像，她眼睛就潮了，说："人一死就有了日子了，不觉是四个年头！"我忙劝她，越劝她越流下泪来。外甥偏过来对着照片要爷爷，我以为母亲更要伤心的，母亲却说："爷爷埋在土里了。"孩子说："土里埋下什么都长哩，爷爷埋在土里怎么不再长个爷爷？"母亲竟没有恼，倒破涕而笑了。母亲疼孩子爱孩子，妹妹当着众人面要骂孩子没出息，这般地大了夜夜还要噙着她的奶头睡觉，孩子就羞了脸，过来捂她的嘴不让说，两人绞在一起倒在地上，母亲笑得直喘气，我和妹妹批评过母亲太娇惯孩子，她就说："我不懂教育嘛，你们怎么现在都英英武武的？！"我们拗不过她，就盼外甥永远长这么大。可外甥如庄稼苗一样，见风生长，不觉今年要上学了，母亲显得很失落，她依然住在妹妹家，急得心火把嘴角都烧烂了。我想，如果母亲能信佛，每日去寺院烧香，回家念经就好了，但母亲没有那个信仰。后来总算让邻居的老太太们拉着天天去练气功，我们做儿女的心才稍有了些踏实。

小时候，我对母亲的印象是她只管家里人的吃和穿，白日除了去生产队出工，夜里总是洗萝卜呀，切红薯片呀，或者纺线，纳鞋底，在门闩上拉了麻丝合绳子。母亲不会做大菜，一年一次的蒸碗大菜，父亲是亲自操作的，但母亲的面条擀得最好，满村出名。家里一来客，父亲说："吃面吧！"厨房里一阵案响，一阵风箱声，母亲很快就用箕盘端上几碗热腾腾的面条来，客人吃的时候，我们做孩子的就被打发着去村巷里玩，玩不了多久，我们就偷偷溜回来，盼着客人是否吃过了，是否有剩下的，果然在锅里就留有那么一碗半碗。在那困难的年月里，纯白面条只是待客，没有客人的时候，中午可以吃一顿苞谷糁面，母亲差不多是先给父亲捞一碗，然后下些浆水和菜，连菜带面再给我们兄妹捞一碗，最后她的碗里就只有苞谷糁和菜了，那时少粮缺柴的，生活苦巴，我们做孩子的并不愁容满面，平日倒快活得要死，最烦恼的是帮母亲推磨子了。常常天一黑母亲就收拾磨子，在麦子里掺上白苞谷或豆子磨一种杂面，偌大的石磨她一个人推不动，就要我和弟弟合推一个磨棍，月明星稀之下，走一圈又一圈，昏头昏脑地发迷怔。磨过一遍了，母亲在那里过箩，我和弟弟就趴在磨盘上瞌睡。母亲喊我们醒来再推，我和弟弟总是说磨好了，母亲说再磨几遍，需要把麦麸磨得如蚊子翅膀一样薄才肯结束。我和弟弟就同母亲吵，扔了磨棍怄气。母亲叹叹气，末了去敲邻家的窝子，哀求人家："二嫂子，二嫂子，你起来帮我推推磨子！"人家半天不吱声，她还在求，说："咱换换工，你家推磨子了，我再帮你……孩子明日要上学，不敢耽搁娃的课的。"瞧着母亲低声下气的样子，我和弟弟就不忍心了，揉揉鼻子又把磨棍拿起来。母亲操持家里的吃穿琐碎事无巨细，而家里的大事，母亲是不管的，一切由当教师的星期天才能回家的父亲做主。在我上大学的那些年，每次寒暑假结束要进城，头一天夜里总是开家庭会，家庭会差不多是父亲主讲，要用功学习呀，真诚待人呀，孔子是怎么讲，古今历史上什么人是如何奋斗的，直要讲两三个小时。母亲就坐在一边，为父亲不住吸着的水烟袋卷纸媒，纸媒卷了好多，便袖了手打盹。父亲最后说："你妈还有啥说的？"母亲一怔方清醒过来，父亲就生气了："瞧你，你竟能睡着？！"母亲只是笑着，说："你是老师能说，我说啥呀？"大家都笑笑，说天不早了，睡吧，就分头去睡。这当儿母亲却精神了，去关院门，关猪圈，检查柜盖上的各种米面瓦罐是否盖严了，防备老鼠进去，然后就收拾我的行李，然后一个人去灶房为我包天明起来要吃的素饺子。

父亲去世后，我原本立即接她来城里住，她不来，说父亲三年没过，没过三年的亡人会有阳灵常常回来的，她得在家顿顿往灵牌前供献饭菜。平日太阳暖和的时候，她也去和村里一些老太太抹花花牌，她们玩的是两分钱一个注儿，每次出门就带两角钱三角钱，她塞在袜筒里。她养过几只鸡，清早一开鸡棚，一一要在鸡屁股里揣揣有没有蛋要下，若揣着有蛋，半晌午抹牌就半途赶回来收拾产下的蛋。可她不大吃鸡蛋，只要有人来家坐了，却总热惦着要烧煎水，煎水里就卧荷包蛋。每年院里的梅李熟了，总摘一些留给我，托人往城里带，没人进城，她一直给我留着，“平爱吃酸果子”，她这话要唠叨好长时间，梅李就留到彻底腐烂了才肯倒去。她在妹妹家学练了气功，我去看她，未说几句话就叫我到小房去，一定要让我喝一个瓶子里的凉水，不喝不行，问这是怎么啦，她才说是气功师给她的信息水，治百病的，“你要喝的，你一喝肝病或许就好了！”我喝了半杯，她就又取苹果橘子让我吃，说是信息果。

我成不成为什么专家名人，母亲一向是不大理会的，她既不晓得我工作的荣耀，我工作上的烦恼和苦闷也就不给她说。一部《废都》，国之内外怎样风雨不止，我受怎样的赞誉和攻击，母亲未说过一句话。当知道我已孤单一人，又病得入了院，她悲伤得落泪，要到城里来看我，弟妹不让她来，不领她，她气得在家里骂这个骂那个，后来冒着风雪来了，她的眼睛已患了严重的疾病，却哭着说：“我娃这是什么命啊？！”

我告诉母亲，我的命并不苦的，什么委屈和劫难我都可以受得，少年时期我上山砍柴，挑百十斤的柴担在山砭道上行走，因为路窄，不到固定的歇息处是不能放下柴担的，肩膀再疼腿再酸也不能放下柴担的，从那时起我就练出了一股韧劲。而现在最苦的是我不能亲自伺候母亲！父亲去世了，作为长子，我是应该为这个家操心，使母亲在晚年活得幸福，但现在既不能照料母亲，反倒让母亲还为儿子牵肠挂肚，我这做的是什么儿子呢？把母亲送出医院，看着她上车要回去了，我还是掏出身上仅有的钱给她，我说，钱是不能代替了孝顺的，但我如今只能这样啊！母亲懂得了我的心，她把钱收了，紧紧地握在手里，再一次整整我的衣领，摸摸我的脸，说我的胡子长了，用热毛巾焐焐，好好刮刮，才上了车。眼看着车越走越远，最后看不见了。我回到病房，躺在床上开始打吊针，我的眼泪默默地流下来。

二

人活着的时候，只是事情多，不计较白天和黑夜，人一旦死了日子就堆起来；算一算，再有二十天，我妈就三周年了。

三年里，我一直有个奇怪的想法，就是觉得我妈没有死，而且还觉得我妈自己也不以为她就死了。常说人死如睡，可睡的人是知道要睡去，睡在了床上，却并不知道在什么时候睡着的呀。我妈跟我在西安生活了十四年，大病后医生认定她的各个器官已在衰竭，我才送她回棣花老家维持治疗。每日在老家挂上液体了，她也清楚每一瓶液体完了，儿女们会换上另一瓶液体的，所以便放心地闭了眼躺着。到了第三天的晚上，她闭着的眼再没有睁开，但她肯定还是认为她在挂液体了，没有意识到从此再不醒来，因为她躺下时还让我妹把给她擦脸的毛巾洗一洗，橘子放在了枕边，系在裤带上的钥匙没有解，也没有交代任何后事啊。

三年以前我每打喷嚏，总要说一句：这是谁想我呀？我妈爱说笑，就接茬说：谁想哩，妈想哩！这三年里，我的喷嚏尤其多，往往错过吃饭时间，熬夜太久，就要打喷嚏，喷嚏一打，便想到我妈了，认定是我妈还在牵挂我哩。我妈在牵挂着我，她并不以为她已经死了，我更是觉得我妈还在，尤其我一个人静静地待在家里，这种感觉就十分强烈。我常在写作时，突然能听到我妈在叫我，叫得很真切，一听到叫声我便习惯地朝右边扭过头去。从前我妈坐在右边那个房间的床头上，我一伏案写作，她就不再走动，也不出声，却要一眼一眼看着我，看得时间久了，她要叫我一声，然后说：世上的字你能写完吗？出去转转么？现在，每听到我妈叫我，我就放下笔走进那个房间，心想我妈从棣花来西安了？当然房间里什么也没有，却要立上半天，自言自语我妈是来了又出门去街上给我买我爱吃的青辣子和萝卜了，或许，她在逗我，故意藏到挂在墙上的她那张照片里，我便给照片前的香炉里上香，要说上一句：我不累。

整整三年了，我给别人写过了十多篇文章，却始终没给我妈写过一个字，因为所有的母亲，儿女们都认为是伟大又善良，我不愿意重复这些词语。我妈是一位普通的妇女，缠过脚，没有文化，户籍还在乡下，但我妈对于我是那样重要。已经很长时间了，虽然再不为她的病而提心吊胆了，可我出远门，再没有人啰啰唆唆地叮咛着这样叮咛着那样，我有了好吃的好喝的，也不知道该送给谁去。

在西安的家里，我妈住过的那个房间，我没有动一件家具，一切摆设还原模原样，而我再没有看见过我妈的身影，我一次又一次难受着又给自己说，我妈没有死，她是住回乡下老家了。今年的夏天太湿太热，每晚被湿热醒来，恍惚里还想着该给我妈的房间换个新空调了，待清醒过来，又宽慰着我妈在乡下的新住处里，应该是清凉的吧。

三周年的日子一天天临近，乡下的风俗是要办一场仪式的，我准备着香烛花果，回一趟棣花了。但一回棣花，就要去坟上，现实告诉着我妈是死了，我在地上，她在地下，阴阳两隔，母子再也难以相见，顿时热泪肆流，长声哭泣啊。

想我的母亲[①]

·梁实秋

父母对子女的爱，子女对父母的爱，是神圣的。我写过一些杂忆的文字，不曾写过我的父母，因为关于这个题目我不敢轻易下笔。小民女士逼我写几句话，辞不获已，谨先略述二三小事以应，然已临文不胜风木之悲。

我的母亲姓沈，杭州人。世居城内上羊市街。我在幼时曾侍母归宁，时外祖母尚在，年近八十。外祖父入学后，没有更进一步的功名，但是课子女读书甚严。我的母亲教导我们读书启蒙，尝说起她小时苦读的情形。她同我的两位舅父一起冬夜读书，冷得腿脚僵冻，取大竹篓一，实以败絮，三个人伸足其

① 选自《散文精读·梁实秋》，梁实秋著，杭州：浙江人民出版社，2020年6月。

中以取暖。我当时听得惕然心惊，遂不敢荒嬉。我的母亲来我家时年甫十八九，以后操持家务尽瘁终身，不复有暇进修。

我同胞兄弟姐妹十一人，母亲的劬育之劳可想而知。我记得我母亲常于百忙之中抽空给我们几个较小的孩子洗澡。我怕肥皂水流到眼里，我怕痒，总是躲躲闪闪，总是咯咯地笑个不住，母亲没有工夫和我们纠缠，随手一巴掌打在身上，边洗边打边笑。

北方的冬天冷，屋里虽然有火炉，睡时被褥还是凉似铁。尤其是钻进被窝之后，脖子后面透风，冷气顺着脊背吹了进来。我们几个孩子睡一个大炕，头朝外，一排四个被窝。母亲每晚看到我们钻进了被窝，叽叽喳喳地笑语不停，便走过来把油灯吹熄，然后给我们一个个地把脖子后面的棉被塞紧，被窝立刻暖和起来，不知不觉地就睡着了。我不知道母亲用的是什么手法，只知道她塞棉被带给我无可言说的温暖舒适，我至今想起来还是快乐的，可是那个感受不可复得了。

我从小不喜欢喧闹。祖父母生日照例院里搭台唱傀儡戏或滦州影戏。一过八点我便掉头而去进屋睡觉。母亲得暇便取出一个大簸箩，里面装的是针线剪尺一类的缝纫器材，她要做一些缝缝连连的工作，这时候我总是一声不响地偎在她的身旁，她赶我走我也不走，有时候竟睡着了。母亲说我乖，也说我孤僻。如今想想，一个人能有多少时间可以偎在母亲身旁？

在我的儿时记忆中，我母亲好像是没有时候睡觉的。天亮就要起来，给我们梳小辮是一桩大事，一根一根地梳个没完。她自己要梳头，我记得她用一把抿子蘸着刨花水，把头发弄得锃光大亮。然后她只要一听上房有动静便急忙前去当差。盖碗茶、燕窝、莲子、点心，都有人预备好了，但是需要她去双手捧着送到祖父母跟前，否则要儿媳妇做什么？在公婆面前，儿媳妇是永远站着，没有座位的。足足地站几个钟头下来，不是缠足的女人怕也受不了！最苦的是，公婆年纪大，不过午夜不安歇，儿媳妇要跟着熬夜在一旁侍候。她困极了，有时候回到房里来不及脱衣服倒下便睡着了。虽然如此，母亲从来没有发过一句怨言。到了民元前几年，祖父母相继去世，我母亲才稍得清闲，然而主持家政教养儿女也够她劳苦的了。她抽暇隔几年返回杭州老家去度夏，有好几次都是由我随侍。

母亲爱她的家乡。在北京住了几十年，乡音不能完全改掉。我们常取笑她，例如，北京的“京”，她说成“金”，她有时也跟我们学，总是学不好，她自己也觉得好笑。我有时学着说杭州话，她说难听死了，像是门口儿卖笋尖的小贩说的话。

我想一般人都会同意，凡是自己母亲做的菜永远是最好吃的。我的母亲平常不下厨房，但是她高兴的时候，尤其是父亲亲自到市场买回鱼鲜或其他南货的时候，在父亲特烦之下，她也欣然操起刀俎。这时候我们就有福了。我十四岁离家到清华，每星期回家一天，母亲就特别疼爱我，几乎很少例外地要亲自给我炒一盘冬笋木耳韭菜黄肉丝，起锅时浇一勺花雕酒，这是我最喜欢的一道菜。但是这一盘菜一定要母亲自己炒，别人炒味道就不一样了。

我母亲喜欢在高兴的时候喝几盅酒。冬天午后围炉的时候，她常要我们打电话到长发叫五斤花雕，绿釉瓦罐，口上罩着一张毛边纸，温热了倒在茶杯里和我们共饮。下酒的是大落花生，若是有“抓空儿的”，买些干瘪的花生吃则更有味。我和两位姐姐陪母亲一顿吃完那一罐酒。后来我在四川独居无聊，一斤花生、一罐茅台当作晚饭，朋友们笑我吃“花酒”，其实是我母亲留下的作风。

我自从入了清华，以后和母亲在一起的时候就少了。抗战前后各有三年和母亲住在一起。母亲晚年喜欢听评剧，最常去的地方是吉祥，因为离家近，打个电话给卖飞票的，总有好的座位。我很后悔没能分出时间陪她听戏，只是由我的姐姐弟弟们陪她消遣。

我父亲曾对我说，我们的家所以成为一个家，我们几个孩子所以能成为人，全是靠了我母亲的辛劳维护。一九四九年以后，音讯中断，直等到恢复联系，才知道母亲早已弃养，享寿九十岁。西俗，母亲节佩红康乃馨，如不确知母亲是否尚在，则佩红白康乃馨各一。如今我只有佩白康乃馨的份了，养生送死，两俱有亏，惨痛惨痛！

我的母亲[①]

· 老舍

母亲的娘家是在北平德胜门外，土城儿外边，通大钟寺的大路上的一个小村里。村里一共有四五家人家，都姓马。大家都种点不十分肥美的地，但是与我同辈的兄弟们，也有当兵的，做木匠的，做泥水匠的，和当巡察的。他们虽然是农家，却养不起牛马，人手不够的时候，妇女便也须下地做活。

对于姥姥家，我只知道上述的一点。外公外婆是什么样子，我就不知道了，因为他们早已去世。至于更远的族系与家史，就更不晓得了；穷人只能顾眼前的衣食，没有工夫谈论什么过去的光荣；“家谱”这字眼，我在幼年就根本没有听说过。

母亲生在农家，所以勤俭诚实，身体也好。这一点事实却

① 选自《老舍散文》，老舍著，北京：人民文学出版社，2014年1月。

极重要，因为假若我没有这样的一位母亲，我以为我恐怕也就要大大地打个折扣了。

母亲出嫁大概是很早，因为我的大姐现在已是六十多岁的老太婆，而我的大甥女还长我一岁啊。我有三个哥哥，四个姐姐，但能长大成人的，只有大姐、二姐、三姐、三哥与我。我是“老”儿子。生我的时候，母亲已有四十一岁，大姐二姐已都出了阁。

由大姐与二姐所嫁入的家庭来推断，在我生下之前，我的家里，大概还马马虎虎过得去。那时候订婚讲究门当户对，而大姐丈是做小官的，二姐丈也开过一间酒馆，他们都是相当体面的人。

可是，我，我给家庭带来了不幸：我生下来，母亲晕过去半夜，才睁眼看见她的老儿子——感谢大姐，把我揣在怀中，致未冻死。

一岁半，我把父亲“克”死了。

兄不到十岁，三姐十二三岁，我才一岁半，全仗母亲独力抚养了。父亲的寡姐跟我们一块儿住，她吸鸦片，她喜摸纸牌，她的脾气极坏。为我们的衣食，母亲要给人家洗衣服、缝补或裁缝衣裳。在我的记忆中，她的手终年是鲜红微肿的。白天，她洗衣服，洗一两大绿瓦盆。她做事永远丝毫也不敷衍，就是屠户们送来的黑如铁的布袜，她也给洗得雪白。晚间，她与芝姐抱着一盏油灯，还要缝补衣服，一直到半夜。她终年没有休息，可是在忙碌中她还把院子屋中收拾得清清爽爽。桌椅都是旧的，柜门的铜活久已残缺不全，可是她的手老使破桌面上没有尘土，残破的铜活发着光。院中，父亲遗留下的几盆石榴与夹竹桃，永远会得到应有的浇灌与爱护，年年夏天开许多花。

哥哥似乎没有同我玩耍过。有时候，他去读书；有时候，他去学徒；有时候，他也去卖花生或樱桃之类的小东西。母亲含着泪把他送走，不到两天，又含着泪接他回来。我不明白这都是什么事，而只觉得与他很生疏。与母亲相依为命的是我与三姐。因此，她们做事，我老在后面跟着。她们浇花，我也张罗着取水；她们扫地，我就撮土……从这里，我学得了爱花，爱清洁，守秩序。这些习惯至今还被我保存着。

有客人来，无论手中怎么窘，母亲也要设法弄一点东西去款待。舅父与表哥们往往是自己掏钱买酒肉食，这使她脸上羞得飞红，可是殷勤地给他们温酒做面，又给她一些喜悦。遇上亲友家中有喜丧事，母亲必把大褂洗得干干净净，亲自去贺吊——份礼也许只是两吊小钱。到如今我的好客的习性，还未全改，尽管生活是这么清苦，因为自幼儿看惯了的事情是不易改掉的。

姑母时常闹脾气。她单在鸡蛋里找骨头。她是我家中的阎王。直到我入了中学，她才死去，我可是没有看见母亲反抗过。“没受过婆婆的气，还不受大姑子的吗？命当如此！”母亲在非解释一下不足以平服别人的时候，才这样说。是的，命当如此。母亲活到老，穷到老，辛苦到老，全是命当如此。她最会吃亏。给亲友邻居帮忙，她总跑在前面：她会给婴儿洗三——穷朋友们可以因此少花一笔“请姥姥”钱；她会刮痧，她会给孩子们剃头，她会给少妇们绞脸……凡是她能做的，都有求必应。但是，吵嘴打架，永远没有她。她宁吃亏，不逗气。当姑母死去的时候，母亲似乎把一世的委屈都哭了出来，一直哭到坟地。不知道哪里来的一位侄子，声称有承继权，母亲便一声不响，叫他搬走那些破桌子烂板凳，而且把姑母养的一只肥母鸡也送给他。

可是，母亲并不软弱。父亲死在庚子闹“拳”的那一年。联军入城，挨家搜索财物鸡鸭，我们被搜两次。母亲拉着哥哥与三姐坐在墙根，等着“鬼子”进门，街门是开着的。“鬼子”进门，一刺刀先把老黄狗刺死，而后入室搜索。他们走后，母亲把破衣箱搬起，才发现了我。假若箱子不空，我早就被压死了。皇上跑了，丈夫死了，鬼子来了，满城是血光火焰，可是母亲不怕，她要在刺刀下，饥荒中，保护着儿女。北平有多少变乱啊，有时候兵变了，街市整条地烧起，火团落在我们院中。有时候内战了，城门紧闭，铺店关门，昼夜响着枪炮。这惊恐，这紧张，再加上一家饮食的筹划，儿女安全的顾虑，岂是一个软弱的老寡妇所能受得起的？可是，在这种时候，母亲的心横起来，她不慌不哭，要从无办法中想出办法来。她的泪会往心中落！这点软而硬的个性，也传给了我。我对一切人与事，都取和平的态度，把吃亏看作当然的。但是，在做人上，我有一定的宗旨与基本的法则，什么事都可将就，而不能超过自己划好的界限。我怕见生人，怕办杂事，怕出头露面；但是到了非我去不可的时候，我便不敢不去，正像我的母亲。从私塾到小学，到中学，我经历过起码有廿位教师吧，其中有给我很大影响的，也有毫无影响的，但是我的真正的教师，把性格传给我的，是我的母亲。母亲并不识字，她给我的是生命的教育。

当我在小学毕了业的时候，亲友一致地愿意我去学手艺，好帮助母亲。我晓得我应当去找饭吃，以减轻母亲的勤劳困苦。可是，我也愿意升学。我偷偷地考入了师范学校——制服、饭食、图籍、宿处，都由学校供给。只有这样，我才敢对母亲说升学的话。入学，要交十元的保证金。这是一笔巨款！母亲作了半个月的难，把这巨款筹到，而后含泪把我送出门去。她不辞劳苦，只要儿子有出息。当我由师范毕业，而被派为小学校校长，母亲与我都一夜不曾合眼。我只说了句：“以后，您可以歇一歇了！”她的回答只有一串串的眼泪。我入学之后，三姐结了婚。母亲对儿女是都一样疼爱的，但是假若她也有点偏爱的话，她应当偏爱三姐，因为自父亲死后，家中一切的事情都是母亲和三姐共同撑持的。三姐是母亲的右手。但是母亲知道这右手必须割去，她不能为自己的便利而耽误了女儿的青春。当花轿来到我们的破门外的时候，母亲的手就和冰一样的凉，脸上没有血色——那是阴历四月，天气很暖。大家都怕她晕过去。可是，她挣扎着，咬着嘴唇，手扶着门框，看花轿徐徐地走去。不久，姑母死了。三姐已出嫁，哥哥不在家，我又住学校，家中只剩母亲自己。她还须自晓至晚地操作，可是终日没人和她说一句话。新年到了，正赶上政府倡用阳历，不许过旧年。除夕，我请了两小时的假，由拥挤不堪的街市回到清炉冷灶的家中。母亲笑了。及至听说我还须回校，她愣住了。半天，她才叹出一口气来。到我该走的时候，她递给我一些花生：“去吧，小子！”街上是那么热闹，我却什么也没看见，泪遮迷了我的眼。今天，泪又遮住了我的眼，又想起当日孤独地过那凄惨的除夕的慈母。可是，慈母不会再候盼着我了，她已入了土！

儿女的生命是不依顺着父母所设下的轨道一直前进的，所以老人总免不了伤心。我廿三岁，母亲要我结了婚，我不要。我请来三姐给我说情，老母含泪点了头。我爱母亲，但是我给了她最大的打击。时代使我成为逆子。廿七岁，我上了英国。为了自己，我给六十多岁的老母以第二次打击。在她七十大寿的那一天，我还远在异域。那天，据姐姐们后来告诉我，老太太只喝了两口酒，很早地便睡下。她想念她的幼子，而不便说出来。

“七七”抗战后，我由济南逃出来。北平又像庚子那年似的被鬼子占据了，可是母亲日夜惦念的幼子却跑到西南来。母亲怎样想念我，我可以想象得到，可是我不能回去。每逢接到家信，我总不敢马上拆看，我怕，怕，怕，怕有那不祥的消息。人，即使活到八九十岁，有母亲便可以多少还有点孩子气。失了慈母便像花插在瓶子里，虽然还有色有香，却失去了根。有母亲的人，心里是安定的。我怕，怕，怕家信中带来不好的消息，告诉我已是失了根的花草。

去年一年，我在家信中找不到关于老母的起居情况。我疑虑，害怕。我想象得到，没有不幸，家中念我流亡孤苦，或不忍相告。母亲的生日是在九月，我在八月半写去祝寿的信，算计着会在寿日之前到达。信中嘱咐千万把寿日的详情写来，使我不再疑虑。十二月二十六日，由文化劳军的大会上回来，我接到家信。我不敢拆读。就寝前，我拆开信，母亲已去世一年了！

生命是母亲给我的。我之能长大成人，是母亲的血汗灌养的。我之能成为一个不十分坏的人，是母亲感化的。我的性格、习惯，是母亲传给的。她一世未曾享过一天福，临死还吃的是粗粮。唉！还说什么呢？心痛！心痛！

祖父死了的时候[①]

· 萧红

祖父总是有点变样子，他喜欢流起眼泪来，同时过去很重要的事情他也忘掉。比方过去那一些他常讲的故事，现在讲起来，讲了一半，下一半他就说："我记不得了。"

某夜，他又病了一次，经过这一次病，他竟说："给你三姑写信，叫她来一趟，我不是四五年没看过她吗？"他叫我写信给我已经死去五年的姑母。

那次离家是很痛苦的。学校来了开学通知信，祖父又一天一天地变样起来。

祖父睡着的时候，我就躺在他的旁边哭，好像祖父已经离开我死去似的，一面哭着一面抬头看他凹陷的嘴唇。我若死掉

① 选自《萧红散文》，萧红著，北京：人民文学出版社，2016年8月。

祖父，就死掉我一生最重要的一个人，好像他死了就把人间一切“爱”和“温暖”带得空空虚虚。我的心被丝线扎住或铁丝绞住了。

我联想到母亲死的时候。母亲死以后，父亲怎样打我，又娶一个新母亲来。这个母亲很客气，不打我，就是骂，也是指着桌子或椅子来骂我。客气是越客气了，但是冷淡了，疏远了，生人一样。

“到院子去玩玩吧！”祖父说了这话之后，在我的头上撞了一下，“喂！你看这是什么？”黄金色的橘子落到我的手中。

夜间不敢到茅厕去，我说：“妈妈同我到茅厕去趟吧。”

“我不去！”

“那我害怕呀！”

“怕什么？”

“怕什么？怕鬼怕神？”父亲也说话了，把眼睛从眼镜上面看着我。

冬天，祖父已经睡下，赤着脚，开着纽扣跟我到外面茅厕去。

学校开学，我迟到了四天。三月里，我又回家一次，正在外面叫门，里面小弟弟嚷着：

“姐姐回来了！姐姐回来了！”大门开时，我就远远注意着祖父住着的那间房子。果然祖父的面孔和胡子闪现在玻璃窗里。我跳着笑着跑进屋去。但不是高兴，只是心酸，祖父的脸色更惨淡更白了。等屋子里一个人没有时，他流着泪，他慌慌忙忙地一边用袖口擦着眼泪，一边抖动着嘴唇说："爷爷不行了，不知早晚……前些日子好险没跌……跌死。"

"怎么跌的？"

"就是在后屋，我想去解手，招呼人，也听不见，按电铃也没有人来，就得爬啦。还没到后门口，腿颤，心跳，眼前发花了一阵就倒下去。没跌断了腰……人老了，有什么用处！爷爷是八十一岁呢！"

"爷爷是八十一岁。"

"没用了，活了八十一岁还是在地上爬呢！我想你看不着爷爷了，谁知没有跌死，我又慢慢爬到炕上。"

我走的那天也是和我回来那天一样，白色的脸的轮廓闪现在玻璃窗里。

在院心我回头看着祖父的面孔，走到大门口，在大门口我仍可看见，出了大门，就被门扇遮断。

从这一次祖父就与我永远隔绝了。虽然那次和祖父告别，并没说出一个永别的字。我回来看祖父，这回门前吹着喇叭，幡杆挑得比房头更高，马车离家很远的时候，我已看到高高的白色幡杆了，吹鼓手们的喇叭苍凉地在悲号。马车停在喇叭声中，大门前的白幡、白对联、院心的灵棚、闹嚷嚷许多人，吹鼓手们响起呜呜的哀号。

这回祖父不坐在玻璃窗里，是睡在堂屋的板床上，没有灵魂地躺在那里。我要看一看他白色的胡子，可是怎样看呢！拿开他脸上蒙着的纸吧，胡子、眼睛和嘴，都不会动了，他真的一点感觉也没有了？我从祖父的袖管里去摸他的手，手也没有感觉了。祖父这回真死去了啊！

祖父装进棺材去的那天早晨，正是后园里玫瑰花开放满树的时候。我扯着祖父的一张被角，抬向灵前去。吹鼓手在灵前吹着大喇叭。

我怕起来，我号叫起来。

“咣咣！”黑色的、半尺厚的灵柩盖子压上去。

吃饭的时候，我饮了酒，用祖父的酒杯饮的。饭后我跑到后园玫瑰树下去卧倒，园中飞着蜂子和蝴蝶，绿草的清凉的气味，这都和十年前一样。可是十年前死了妈妈。妈妈死后我仍是在园中扑蝴蝶；这回祖父死去，我却饮了酒。

过去的十年我是和父亲打斗着生活。在这期间我觉得人是残酷的东西。父亲对我是没有好面孔的，对于仆人也是没有好面孔的，他对于祖父也是没有好面孔的。因为仆人是穷人，祖父是老人，我是个小孩子，所以我们这些完全没有保障的人就落到他的手里。后来我看到新娶来的母亲也落到他的手里，他喜欢她的时候，便同她说笑，他恼怒时便骂她，母亲渐渐也怕起父亲来。

母亲也不是穷人，也不是老人，也不是孩子，怎么也怕起父亲来呢？我到邻家去看看，邻家的女人也是怕男人。我到舅家去，舅母也是怕舅父。

我懂得的尽是些偏僻的人生，我想世间死了祖父，就没有再同情我的人了，世间死了祖父，剩下的尽是些凶残的人了。

我饮了酒，回想，幻想……

以后我必须不要家，到广大的人群中去，但我在玫瑰树下战怵了，人群中没有我的祖父。

所以我哭着，整个祖父死的时候我哭着。

我的祖母之死（节选）[①]

· 徐志摩

◎

我在我的日记里翻出一封不曾写完不曾付寄的信，是我祖母死后第二天的早上写的。我那时在极强烈的极鲜明的时刻内，很想把那几日经过感想与疑问，痛快地写给一个同情的好友，使他在数千里外也能分尝我强烈的鲜明的感情。那位同情的好友我选中了通伯。但那封信却只起了一个呆重的头，一为丧中忙，二为我那时眼热不耐用心，始终不曾写就。一直挨到现在再想补写，恐怕强烈已经变弱，鲜明已经透暗，逃亡的思

① 选自《徐志摩散文》，徐志摩著，北京：人民文学出版社，2013年11月。

绪，不易追获的了。我现在把那封残信录在这里，再来追摹当时的情景。

通伯：

我的祖母死了！从昨夜十时半起，直到现在，满屋子只是号啕呼抢的悲音，与和尚、道士、女僧的礼忏鼓磬声。二十年前祖父丧时的情景，如今又在眼前了。忘不了的情景！你愿否听我讲些？

我一路回家，怕的是也许已经见不到老人，但老人却在生死的交关仿佛存心地弥留着，等待她最钟爱的孙儿——即不能与他开言诀别，也使他尚能把握她依然温暖的手掌，抚摩她依然跳动着的胸怀，凝视她依然能自开自阖虽则不再能表情的目睛[①]。她的病是脑充血的一种，中医称为“卒中”（最难救的中风）。她十日前在暗房里蹶仆倒地，从此不再开口出言，登仙似的结束了她八十四岁的长寿，六十年良妻与贤母的辛勤，她现在已经永远地脱辞了烦恼的人间，还归她清净自在的来处。我们承受她一生的厚爱与荫泽的儿孙，此时亲见，将来追念，她最后的神化，不能自禁中怀的摧痛，热泪暴雨似的盆涌，然痛

① 意为眼睛。

心中却亦隐有无穷的赞美，热泪中依稀想见她功成德备的微笑，无形中似有不朽的灵光，永远地临照她绵衍的后裔……

◎

旧历的乞巧那一天，我们一大群快活的游踪，驴子灰的黄的白的，轿子四个脚夫抬的，正在山海关外，迂回地、曲折地绕登角山的栖贤寺，面对着残圮的长城，巨虫似的爬山越岭，隐入烟霭的迷茫。那晚回北戴河海滨住处，已经半夜，我们还打算天亮四点钟上莲峰山去看日出，我已经快上床，忽然想起了，出去问有信没有，听差递给我一封电报，家里来的四等电报。我就知道不妙，果然是“祖母病危速回”！我当晚就收拾行装，赶早上六时车到天津，晚上才上津浦快车。正嫌路远车慢，半路又为水发[①]冲坏了轨道过不去，一停就停了十二点钟有余，在车里多过了一夜，直到第三天的中午方才过江上沪宁车。这趟车如其准点到上海，刚好可以接上沪杭的夜车，谁知道又误了点，误了不多不少的一分钟，一面我们的车进站，他们的车头呜的一声叫，别断别断地去了！我若然是空身子，还

① 意为洪水。

可以冒险跳车，偏偏我的一双手又被行李雇定了，所以只得定着眼睛送沪杭车离站远去，直到八月二十二日的中午我方才到家。我给通伯的信说“怕是已经见不着老人”，在路上那几天真是难受，缩不短的距离没有法子，但是那急人的水发、急人的火车，几面凑拢来，叫我整整地迟一昼夜到家！试想病危了的八十四岁的老人，这二十四点钟不是容易过的，说不定她刚巧在这个期间内有什么动静，那才叫人抱愧哩！可是结果还算没有多大的差池——她老人家还在生死的交关等着！

◎

奶奶——奶奶——奶奶！奶——奶！你的孙儿回来了，奶奶！没有回音。老太太阖着眼，仰面躺在床里，右手拿着一把半旧的雕翎扇很自在地扇动着。老太太原来就怕热，每年暑天总是扇子不离手的，那几天又是特别的热。这还不是好好的老太太，呼吸顶匀净的，定是睡着了，谁说危险！奶奶。奶奶！她把扇子放下了，伸手去摸着头顶上挂着的冰袋，一把抓得紧紧的，呼了一口长气，像是暑天赶道儿地喝了一碗凉汤似的。这不是她明明的有感觉不是？我把她的手拿在我的手里，她似乎感觉我手心的热，可是她也让我握着，她开了眼了！右眼张得比左眼开些，瞳子却是发呆，我拿手指在她的眼前一挑，她也没有瞬，那准是她瞧不见了——奶奶！奶奶——她也真没有听见，难道她真是病了，真是危险，这样爱我疼我宠我的好祖母，难道真会得……我心里一阵的难受，鼻子里一阵的酸。滚热的眼泪就迸了出来。这时候床前已经挤满了人，我的这位，我的那位，我一眼看过去，只见一片惨白忧愁的面色，一双双装满了泪珠的眼眶。我的妈更看得憔悴。她们已经伺候了六天六夜，妈对我讲祖母这回不幸的情形，怎样地她夜饭前还在大厅上吩咐事情，怎样的饭后进房去自己擦脸。不知怎样地闪了下去，外面人听着响声才进去，已经是不能开口了，怎样地请医生，一直到现在还没有转机……

一个人到了天伦骨肉的中间，整套的思想情绪，就变换了式样与颜色。你的不自然的口音与语法没有用了；你的耀眼的袍服可以不必穿了；你的洁白的天使的翅膀，预备飞翔出人间到天堂的，不便在你的慈母跟前自由的开豁；你的理想的楼台亭阁，也不轻易地放进这二百年的老屋；你的佩剑、要塞，以及种种的防御，在争竞的外界即使是必要的，到此只是可笑的累赘。在这里，不比在其余的地方，他们所要求于你的，只是随熟的声音与笑貌，只是好的，纯粹的本性，只是一个没有斑点子的赤裸裸的好心。在这些纯爱的骨肉的经纬中间，不由得你不从你的天性里抽出最柔弱亦最有力的几缕丝线来加密或是缝补这幅天伦的结构。

所以我那时坐在祖母的床边。含着两朵热泪，听母亲叙述她的病况，我脑中发生了异常的感想，我像是至少逃回了二十年的光阴，正如我膝前子侄辈一般的高矮。回复了一片纯朴的童真，早上走来祖母的床前，揭开帐子叫一声软和的奶奶，她也回叫了我一声，伸手到里床去摸给我一个蜜枣或是三片状元糕，我又叫了一声奶奶，出去玩了，那是如何可爱的辰光，如何可爱的天真，但如今没有了，再也不回来了。现在床里躺着的，还不是我的亲爱的祖母，十个月前我伴着到普陀登山拜佛清健的祖母，但现在何以不再答应我的呼唤，何以不再能表情，不再能说话，她的灵性哪里去了？

◎

一天，一天，又是一天——在垂危的病榻前过的时刻，不比平常飞驶无碍的光阴，时钟上同样的一声的嘀嗒，直接地打在你的焦急的心里，给你一种模糊的隐痛——祖母还是照样地眠着，右手的脉自从起病以来已是极微仅有的。但不能动弹的却反是有脉的左侧，右手还是不时在挥扇，但她的呼吸还是一例地平匀，面容虽不免瘦削，光泽依然不减，并没有显著的衰象，所以我们在旁边看她的，差不多每分钟都盼望她从这长期的睡眠中醒来，打一个呵欠，就开眼见人，开口说话——果然她醒了过来，我们也不会觉得离奇，像是原来应当似的。但这究竟是我们亲人绝望中的盼望，实际上所有的医生，中医、西医、针医，都已一致地回绝，说这是“不治之症”。中医说这脉象是凭证，西医说脑壳里血管破裂，虽则植物性机能——呼吸、消化——不曾停止，但言语中枢已经断绝——此外更专门更玄学更科学的理论我也记不得了。所以暂时不变的原因，就在老太太本来的体元太好了，拳术家说的“一时不能散功”，并不是病有转机的兆头。

我们自己人也何尝不明白这是个绝症；但我们却总不忍自认是绝望：这“不忍”便是人情。我有时在病榻前，在凄悒的静默中，发生了重大的疑问。科学家说人的意识与灵感，只是神经系最高的作用，这复杂、微妙的机械，只要部分有了损伤或是停顿，全体的动作便发生相当的影响；如其最重要的部分受了扰乱，他不是变成反常的疯癫，便是完全地失去意识。照这一说，体即是用，离了体即没有用；灵魂是宗教家的大谎，人的身体一死什么都完了。这是最干脆不过的说法，我们活着时有这样有那样已经尽够麻烦，尽够受，谁还有兴致，谁还愿意到坟墓的那一边再去发生关系，地狱也许是黑暗的，天堂是光明的，但光明与黑暗的区别无非是人类专擅的假定，我们只要摆脱这皮囊，还归我清静，我就不愿意头戴一个黄色的空圈子，合着手掌跪在云端里受罪！

再回到事实上来，我的祖母——一位神智最清明的老太太——究竟在哪里？我既然不能断定因为神经部分的震裂她的灵感性便永远地消减，但同时她又分明地失却了表情的能力，我只能设想她人格的自觉性，也许比平时消淡了不少，却依旧是在着，像在梦魇里将醒未醒时似的，明知她的儿女孙曾不住地叫唤她醒来，明知她即使要永别也总还有多少的嘱咐，但是可怜她的眼球再不能反映外界的印象，她的声带与口舌再不能表达她内心的情意，隔着这脆弱的肉体的关系，她的性灵再不能与她最亲的骨肉自由地交通——也许她也在整天整夜地伴着我们焦急，伴着我们伤心，伴着我们出泪，这才是可怜，这才真叫人悲感哩！

◎

到了八月二十七那天，离她起病的第十一天，医生吩咐脉象大大地变了，叫我们当心，这十一天内每天她很困难地只咽入几滴稀薄的米汤，现在她的面上的光泽也不如早几天了，她的目眶[①]更陷落了，她的口部的筋肉也更宽弛了，她右手的动作也减少了，即使拿起了扇子也不再能很自然地扇动了——

① 意为眼眶。

她的大限的确已经到了。但是到晚饭后，反是没有什么显象。同时一家人着了忙，准备寿衣的，准备冥银的，准备香灯等等的。我从里走出外，又从外走进里，只见匆忙的脚步与严肃的面容。这时病人的大动脉已经微细得不可辨，虽则呼吸还不至怎样的急促。这时一门的骨肉已经齐集在病房里，等候那不可避免的时刻。到了十时光景，我和我的父亲正坐在房的那一头一张床上，忽然听得一个哭叫的声音说——“大家快来看呀，老太太的眼睛张大了！”这尖锐的喊声，仿佛是一大桶的冰水浇在我的身上，我所有的毛管一齐竖了起来，我们踉跄地奔到了床前，挤进了人丛。果然，老太太的眼睛张大了，张得很大了！这是我一生从不曾见过，也是我一辈子忘不了的眼见的神奇（恕罪我的描写！）不但是两眼，面容也是绝对地神变了（transfigured）。她原来皱缩的面上，发出一种鲜润的彩泽，仿佛半瘀的血脉，又一次在全身通畅了。她那布满皱纹的面颊也都回复了异样的丰润；同时她的呼吸渐渐地上升，急进地短促，现在已经几乎脱离了气管，只在鼻孔里脆响地呼出了。但是最神奇不过的是一双眼睛！她的瞳孔早已失去了收敛性，呆顿地放大了。但是最后那几秒钟！不但眼眶是充分地张开了，不但黑白分明，瞳孔锐利的紧敛了，并且放射着一种不可形容，不可信的辉光，我只能称它为“生命最集中的灵光”！这时候床前只是一片的哭声，子媳唤着娘，孙子唤着祖母，婢仆争喊着老太太，几个稚龄的曾孙，也跟着狂叫太太……但老太太最后的开眼，仿佛是与她亲爱的骨肉，作无言的诀别，我们都在号泣地送终，她也安慰了。她放心地去了。在几秒时内，死的黑影已经移上了老人的面部，遏灭了生命的异彩，她最后的呼气，正似水泡破裂，电光杳灭，菩提的一响，生命呼出了窍，什么都止息了。

◎

我满心充塞了死象的神奇，同时又须顾管我有病的母亲，她那时出性地号啕，在地板上滚着，我自己反而哭不出来；我自己也觉得奇怪，眼看着一家长幼的涕泪滂沱，耳听着狂沸似的呼抢号叫，我不但不发生同情的反应，却反而达到了一个超感情的、静定的、幽妙的意境，我想象地看见祖母脱离了躯壳与人间，穿着雪白的长袍，冉冉地上升天去，我只想默默地跪在尘埃，赞美她一生的功德，赞美她一生的圆寂。这是我的设想！我们内地人却没有这样纯粹的宗教思想；他们的假定是不论死的是高年厚德的老人或是无知无愆的幼孩，或是罪大恶极的凶人，临到弥留的时刻总是一例的有无常鬼、摸壁鬼、牛头马面、赤发獠牙的阴差等等到门，拿着镣链枷锁，来捉拿阴魂到案。所以烧纸帛是平他们的暴戾，最后的呼抢是没奈何的诀别。这也许是大部分临死时实在的情景，但我们却不能概定所有的灵魂都不免遭受这样的凌辱。譬如我们的祖老太太的死，我只能想象她是登天。只能想象她慈祥的神化——像那样鼎沸的号啕，固然是至性不能自禁，但我总以为不如匍匐隐泣或默祷，较为近情，较为合理。

理智发达了，感情便失了自然的浓挚；厌世主义的看来，眼泪与笑声一样是空虚的，无意义的。但厌世主义姑且不论，我却不相信理智的发达，会得妨碍天然的情感；如其教育真有效力，我以为效力就在剥削了不合理性的“感情作用”，但绝不会有损真纯的感情；他眼泪也许比一般人流得少些，但他等到流泪的时候，他的泪才是应流的泪。我也是智识愈开流泪愈少的一个人，但这一次却也真的哭了好几次。一次是伴我的姑母哭的，她为产后不曾复原，所以祖母的病一直瞒着她，一直到了祖母故后的早上方才通知她。她扶病来了，她还不曾下轿，我已经听出她在啜泣，我一时感觉一阵的悲伤，等到她出轿放声时，我也在房中唏嘘不住。又一次是伴祖母当年的赠嫁婢哭的。她比祖母小十一岁，今年七十三岁，亦已是个白发的婆子，她也来哭她的“小姐”，她是见着我祖母的花烛的唯一个人，她的一哭我也哭了。

再有是伴我的父亲哭的。我总是觉得一个身体伟大的人，他动情感的时候，动人的力量也比平常人伟大些。我见了我父亲哭泣，我就忍不住要伴着淌泪。但是感动我最强烈的几次，是他一人倒在床里，反复地啜泣着，叫着妈，像一个小孩似的，我就感到最热烈的伤感，在他伟大的心胸里浪涛似的起伏，我就感到母子的感情的确是一切感情的起源与总结，等到一失慈爱的荫庇，仿佛一生的事业顿时莫有了根柢，所有的快乐都不能填平这唯一的缺陷；所以他这一哭，我也真哭了。但是我的祖母果真是死了吗？她的躯体是的，但她是不死的。诗人勃兰恩德（Bryant）说：

> So live, that when thy summons comes to join the innumerable caravan, which moves to that mysterious realm where each one takes his chamber in the silent halls of death, then go not, like the quarry slave at night scourged to his dungeon, but sustained and soothed.
>
> By an unfaltering truth, approach thy grave like one that wraps the Drapery of his couch, about him, and lies down to pleasant dreams.

如果我们的生前是尽责任的，是无愧的，我们就会安坦地走近我们的坟墓，我们的灵魂里不会有惭愧或悔恨的齿痕。人生自生至死，如勃兰恩德的比喻，真是大队的旅客在不尽的沙漠中进行，只要良心有个安顿，到夜里你卧倒在帐幕里也就不怕噩梦来缠绕。

我的祖母，在那旧式的环境里，到我们家来五十九年，真像是做了长期的苦工，她何尝有一日的安闲，不必说子女的嫁娶，就是一家的柴米油盐，扫地抹桌子，哪一件事不在八十岁老人早晚的心上！我的伯父快近六十岁了，但他的起居饮食，还差不多完全是祖母经管的，初出世的曾孙如其有些身热咳嗽，老太太晚上就睡不安稳；她爱我宠我的深情，更不是文字所能描写；她那深厚的慈荫，真是无所不包，无所不蔽；但她的身心即使劳碌了一生，她的报酬却在灵魂无上的平安；她的安慰就在她的儿女孙曾，只要我们能够步到她的前列，各尽天定的责任，她在冥冥中也就永远地微笑了。

辑二

我愿意舍弃一切，以想念你终此一生

我想要在茅亭里看雨、假山边看蚂蚁，看蝴蝶恋爱，看蜘蛛结网，看水，看船，看云，看瀑布，看宋清如甜甜地睡觉。

我爱过一个正当最好年龄的你[①]

· 沈从文

我行过许多地方的桥，看过许多次数的云，喝过许多种类的酒，却只爱过一个正当最好年龄的人。

××：

你们想一定很快要放假了。我要玖[②]到××来看看你，我说："玖，你去为我看看××，等于我自己见到了她。去时高兴一点，因为哥哥是以见到××为幸福的。"不知道玖来过

① 选自《从文家书——从文兆和书信选》，沈从文、张兆和著，沈虎雏编选，上海：上海远东出版社，1996年2月。原标题为《由达园致张兆和》，本文标题有改动。

② 指沈从文的九妹沈岳萌。

没有？玖大约秋天要到北平女子大学学音乐，我预备秋天到青岛去。这两个地方都不像上海，你们将来有机会时，很可以到各处去看看。北平地方是非常好的，历史上为保留下一些有意义极美丽的东西，物质生活极低，人极和平，春天各处可放风筝，夏天多花，秋天有云，冬天刮风落雪，气候使人严肃，同时也使人平静。××毕了业若还要读几年书，倒是来北平读书好。

你的戏不知已演过了没有？北平倒好，许多大教授也演戏，还有从女大毕业的，到各处台上去唱昆曲，也不为人笑话。使戏子身份提高，北平是和上海稍稍不同的。

听说××到过你们学校演讲，不知说了些什么话。我是同她顶熟的一个人，我想她也一定同我初次上台差不多，除了红脸不会有再好的印象留给学生。这真是无办法的，我即或写了一百本书，把世界上一切人的言语都能写到文章上去，写得极其生动，也不会作一次体面的讲话。说话一定有什么天才，×××是大家明白的一个人，说话嗓子洪亮，使人倾倒，不管他说的是什么空话废话，天才还是存在的。

我给你那本书，《××》同《丈夫》都是我自己欢喜的，其中《丈夫》更保留到一个最好的记忆，因为那时我正在吴淞，因爱你到要发狂的情形下，一面给你写信，一面却在苦恼中写了这样一篇文章。我照例是这样子，做得出很傻的事，也写得出很多的文章，一面糊涂处到使别人生气，一面清明处，却似乎比平时更适宜于做我自己的事。× ×，这时我来同你说这个，是当一个故事说到的，希望你不要因此感到难受。这是过去的事情，这些过去的事，等于我们那些死亡了最好的朋友，值得保留在记忆里，虽想到这些，使人也仍然十分惆怅，可是那已经成为过去了。这些随了岁月而消失的东西，都不能再在同样情形下再现了的，所以说，现在只有那一篇文章，代替我保留到一些生活的意义。这文章得到许多好评，我反而十分难过，任什么人皆不知道我为了什么原因，写出一篇这样文章，使一些下等人皆以一个完美的人格出现。

我近日来看到过一篇文章，说到似乎下面的话：“每人都有一种奴隶的德性，故世界上才有首领这东西出现，给人尊敬崇拜。因这奴隶的德行，为每一人不可少的东西，所以不崇拜首领的人，也总得选择一种机会低头到另一种事上去。”× ×，我在你面前，这德行也显然存在的。为了尊敬你，使我看轻了我自己一切事业。我先是不知道我为什么这样无用，所以还只想自己应当有用一点。到后看到那篇文章，才明白，这奴隶的德行，原来是先天的。我们若都相信崇拜首领是一种人类自然行为，便不会再觉得崇拜女子有什么稀奇难懂了。

你注意一下，不要让我这个话又伤害到你的心情，因为我不是在窘你做什么你所做不到的事情，我只在告诉你，一个爱你的人，如何不能忘你的理由。我希望说到这些时，我们都能够快乐一点，如同读一本书一样，仿佛与当前的你我都没有多少关系，却同时是一本很好的书。

我还要说，你那个奴隶，为了他自己，为了别人起见，也努力想脱离羁绊过。当然这事做不到，因为不是一件容易事情。为了使你感到窘迫，使你觉得负疚，我以为很不好。我曾做过可笑的努力，极力去同另外一些人要好，到别人崇拜我愿意做我的奴隶时，我才明白，我不是一个首领，用不着别的女人用奴隶的心来服侍我，却愿意自己做奴隶，献上自己的心，给我所爱的人。我说我很顽固地爱你，这种话到现在还不能用别的话来代替，就因为这是我的奴性。

××，我求你，以后许可我做我要做的事，凡是我要向你说什么时，你都能当我是一个比较愚蠢还并不讨厌的人，让我有一种机会，说出一些有奴性的卑屈的话，这点点是你容易办到的。你莫想，每一次我说到“我爱你”时你就觉得受窘，你也不用说“我偏不爱你”，作为抗拒别人对你的倾心。你那打算是小孩子的打算，到事实上却毫无用处的。有些人对天成日成夜说：“我赞美你，上帝！”有些人又成日成夜对人世的皇帝说：“我赞美你，有权力的人！”你听到被称赞的“天”同“皇帝”，以及常常被称赞的日头同月亮，好的花，精致的艺术回答说“我偏不赞美你”的话没有？一切可称赞的，使人倾心的，都像天生就是这个世界的主人，他们管领一切，统治一切，都看得极其自然，毫不勉强。一个好人当然也就有权力使人倾倒，使人移易哀乐，变更性情，而自己却生存到一个高高的王座上，不必做任何声明。凡是能用自己各方面的美攫住别的人灵魂的，他就有无限威权，处置这些东西，他可以永远沉默，日头，云，花，这些例举不胜举。除了一只莺，他被人崇拜处，原是他的歌曲，不应当哑口外，其余被称赞的，大都是沉默的。××，你并不是一只莺。一个皇帝，吃任何阔气东西他都觉得不够，总得臣子恭维，用恭维作为营养，他才适意，因为恭维不甚得体，所以他有时还发气[①]骂人，让人充军流血。××，你不会像皇帝。一个月亮可不是这样的，一个月亮不拘听到任何人赞美，不拘这赞美如何不得体，如何不恰当，它不拒绝这些从心中涌出的呼喊。××，你是我的月亮。你能听一个并不十分聪明的人，用各样声音，各样言语，向你说出各样的感想，而这感想却因为你的存在，如一个光明，照耀到我的生活里而起的，你不觉得这也是生存里一件有趣味的事吗？

“人生”原是一个宽泛的题目，但这上面说到的，也就是

① 方言，意为生气、发怒。

人生。

为帝王作颂的人，他用口舌“娱乐”到帝王，同时他也就“希望”到帝王。为月亮写诗的人，他从它照耀到身上的光明里，已就得到他所要的一切东西了。他是在感谢情形中而说话的，他感谢他能在某一时望到蓝天满月的一轮。××，我看你同月亮一样。……是的，我感谢我的幸运，仍常常为忧愁扼着，常常有苦恼（我想到这个时，我不能说我写这个信时还快乐）。因为一年内我们可以看过无数次月亮，而且走到任何地方去，照到我们头上的，还是那个月亮。这个无私的月不单是各处皆照到，并且从我从很小到老还是同样照到的。至于你，“人事”的云翳，却阻拦到我的眼睛，我不能常常看到我的月亮！一个白日带走了一点青春，日子虽不能毁坏我印象里你所给我的光明，却慢慢地使我不同了。“一个女子在诗人的诗中，永远不会老去，但诗人，他自己却老去了。”我想到这些，我十分忧郁了。生命都是太脆薄的一种东西，并不比一株花更经得住年月风雨，用对自然倾心的眼，反观人生，使我不能不觉得热情的可珍，而看重人与人凑巧的藤葛。在同一人事上，第二次的凑巧是不会有的。我生平只看过一回满月。我也安慰自己过，我说：“我行过许多地方的桥，看过许多次数的云，喝过许多种类的酒，却只爱过一个正当最好年龄的人。我应当为自己庆幸……”这样安慰到自己也还是毫无用处，为

“人生的飘忽”这类感觉，我不能够忍受这件事来强作欢笑了。我的月亮就只在回忆里光明全圆，这悲哀，自然不是你用得着负疚的，因为并不是由于你爱不爱我。

仿佛有些方面是一个透明了人事的我，反而时时为这人生现象所苦，这无办法处，也是使我只想说明却反而窘了你的理由。

××，我希望这个信不是窘你的信。我把你当成我的神，敬重你，同时也要在一些方便上，诉说到即或是真神也很糊涂的心情，你高兴，你注意听一下，不高兴，不要那么注意吧。天下原有许多稀奇事情，我××××十年，都缺少能力解释到它，也不能用任何方法说明，譬如想到所爱的一个人的时候，血就流走得快了许多，全身就发热作寒，听到旁人提到这人的名字，就似乎又十分害怕，又十分快乐。究竟为什么原因，任何书上提到的都说不清楚，然而任何书上也总时常提到。“爱”解作一种病的名称，是一个法国心理学者的发明，那病的现象，大致就是上述所及的。

你是还没有害过这种病的人，所以你不知道它如何厉害。有些人永远不害这种病，正如有些人永远不患麻疹伤寒，所以还不大相信伤寒病使人发狂的事情。××，你能不害这种病，同时不理解别人这种病，也真是一种幸福。因为这病是与童心成为仇敌的，我愿意你是一个小孩子，真不必明白这些事。不过你却可以明白另一个爱你而害着这难受的病的痛苦的人，在任何情形下，却总想不到是要窘你的。我现在，并且也没有什么痛苦了，我很安静，我似乎为爱你而活着的，故只想怎么样好好地来生活。假使当真时间一晃就是十年，你那时或者还是眼前一样，或者已做了某某大学的一个教授，或者自己不再是小孩子，倒已成了许多小孩子的母亲，我们见到时，那真是有意思的事。任何一个作品上，以及任何一个世界名作作者的传记上，最动人的一章，总是那人与人纠纷藤葛的一章。许多诗是专为这点热情的指使而写出的，许多动人的诗，所写的就是这些事，我们能欣赏那些东西，为那些东西而感动，却照例轻视到自己，以及别人因受自己所影响而发生传奇的行为，这个事好像不大公平。因为这个理由，天将不许你长是小孩子。“自然”使苹果由青而黄，也一定使你在适当的时间里，转成一个“大人”。××，到你觉得你已经不是小孩子，愿意做大人时，我倒极希望知道你那时在什么地方做些什么事，有些什么感想。“萑苇”是易折的，“磐石”是难动的，我的生命等于“萑苇”，爱你的心希望它能如“磐石”。

望到北平高空明蓝的天，使人只想下跪，你给我的影响恰如这天空，距离得那么远，我日里望着，晚上做梦，总梦到生着翅膀，向上飞举。向上飞去，便看到许多星子，都成为你的眼睛了。

××，莫生我的气，许我在梦里，用嘴吻你的脚，我的自卑处，是觉得如一个奴隶蹲到地下用嘴接近你的脚，也近于十分亵渎了你的。

我念到我自己所写到“萑苇是易折的，磐石是难动的”时候，我很悲哀。易折的萑苇，一生中，每当一次风吹过时，皆低下头去，然而风过后，便又重新立起了。只有你使它永远蛰伏，永远不再做立起的希望。

一九三一年六月

给亡妇[①]

· 朱自清

谦，日子真快，一眨眼你已经死了三个年头了。这三年里世事不知变化了多少回，但你未必注意这些个。我知道，你第一惦记的是你几个孩子，第二便轮着我。孩子和我平分你的世界，你在日如此；你死后若还有知，想来还如此的。告诉你，我夏天回家来着：迈儿长得结实极了，比我高一个头。闰儿父亲说是最乖，可是没有先前胖了。采芷和转子都好。五儿全家夸她长得好看；却在腿上生了湿疮，整天坐在竹床上不能下来，看了怪可怜的。六儿，我怎么说好，你明白，你临终时也和母亲谈过，这孩子是只可以养着玩儿的，他左挨右挨到去

① 选自《朱自清散文》，朱自清著，北京：人民文学出版社，2014年1月。

年春天，到底没有挨过去。这孩子生了几个月，你的肺病就重起来了。我劝你少亲近他，只监督着老妈子照管就行。你总是忍不住，一会儿提，一会儿抱的。可是你病中为他操的那一份儿心也够瞧的。那一个夏天他病的时候多，你成天儿忙着，汤呀，药呀，冷呀，暖呀，连觉也没有好好儿睡过。哪里有一分一毫想着你自己。瞧着他硬朗点儿你就乐，干枯的笑容在黄蜡般的脸上，我只有暗中叹气而已。

从来想不到做母亲的要像你这样。从迈儿起，你总是自己喂乳，一连四个都这样。你起初不知道按钟点儿喂，后来知道了，却又弄不惯；孩子们每夜里几次将你哭醒了，特别是闷热的夏季。我瞧你的觉老没睡足。白天里还得做菜，照料孩子，很少得空儿。你的身子本来坏，四个孩子就累你七八年。到了第五个，你自己实在不成了，又没乳，只好自己喂奶粉，另雇老妈子专管她。但孩子跟老妈子睡，你就没有放过心；夜里一听见哭，就竖起耳朵听，工夫一大就得过去看。十六年初，和你到北京来，将迈儿、转子留在家里；三年多还不能去接他们，可真把你惦记苦了。你并不常提，我却明白。你后来说你的病就是惦记出来的；那个自然也有份儿，不过大半还是养育孩子累的。你的短短的十二年结婚生活，有十一年耗费在孩子们身上；而你一点不厌倦，有多少力量用多少，一直到自己毁灭为止。你对孩子一般儿爱，不问男的女的，大的小的。也不想到什么“养儿防老，积谷防饥”，只拼命地爱去。你对于教育老实说有些外行，孩子们只要吃得好玩得好就成了。这也难怪你，你自己便是这样长大的。况且孩子们原都还小，吃和玩本来也要紧的。你病重的时候最放不下的还是孩子。病得只剩皮包着骨头了，总不信自己不会好；老说：“我死了，这一大群孩子可苦了。”后来说送你回家，你想着可以看见迈儿和转子，也愿意；你万不想到会一走不返的。我送车的时候，你忍不住哭了，说：“还不知能不能再见？”可怜，你的心我知道，你满想着好好儿带着六个孩子回来见我的。谦，你那时一定这样想，一定的。

除了孩子，你心里只有我。不错，那时你父亲还在；可是你母亲死了，他另有个女人，你老早就觉得隔了一层似的。出嫁后第一年你虽还一心一意依恋着他老人家，到第二年上我和孩子可就将你的心占住，你再没有多少工夫惦记他了。你还记得第一年我在北京，你在家里。家里来信说你待不住，常回娘家去。我动气了，马上写信责备你。你叫人写了一封复信，说家里有事，不能不回去。这是你第一次也可以说第末次的抗议，我从此就没给你写信。暑假时带了一肚子主意回去，但见了面，看你一脸笑，也就拉倒了。打这时候起，你渐渐从你父亲的怀里跑到我这儿。你换了金镯子帮助我的学费，叫我以后还你；但直到你死，我没有还你。你在我家受了许多气，又因为我家的缘故受你家里的气，你都忍着。这全为的是我，我知道。那回我从家乡一个中学半途辞职出走。家里人讽你也走。哪里走！只得硬着头皮往你家去。那时你家像个冰窖子，你们在窖里足足住了三个月。好容易我才将你们领出来了，一同上外省去。小家庭这样组织起来了。你虽不是什么阔小姐，可也是自小娇生惯养的，做起主妇来，什么都得干一两手；你居然做下去了，而且高高兴兴地做下去了。菜照例满是你做，可是吃的都是我们；你至多夹上两三筷子就算了。你的菜做得不坏，有一位老在行大大地夸奖过你。你洗衣服也不错，夏天我的绸大褂大概总是你亲自动手。你在家老不乐意闲着；坐前几个"月子"，老是四五天就起床，说是躺着家里事没条没理的。其实你起来也还不是没条理；咱们家那么多孩子，哪儿来条理？在浙江住的时候，逃过两回兵难，我都在北平。真亏你领着母亲和一群孩子东藏西躲的；末一回还要走多少里路，翻一道大岭。这两回差不多只靠你一个人。你不但带了母亲和孩子们，还带了我一箱箱的书；你知道我是最爱书的。在短短的十二年里，你操的心比人家一辈子还多；谦，你那样身子怎么经得住！你将我的责任一股脑儿担负了去，压死了你；我如何对得起你！

你为我的劳什子书也费了不少神；第一回让你父亲的男用人从家乡捎到上海去。他说了几句闲话，你气得在你父亲面前哭了。第二回是带着逃难，别人都说你傻子。你有你的想头："没有书怎么教书？况且他又爱这个玩意儿。"其实你没有晓得，那些书丢了也并不可惜；不过教你怎么晓得，我平常从来没和你谈过这些个！总而言之，你的心是可感谢的。这十二年里你为我吃的苦真不少，可是没有过几天好日子。我们在一起住，算来也还不到五个年头。无论日子怎么坏，无论是离是合，你从来没对我发过脾气，连一句怨言也没有。——别说怨我，就是怨命也没有过。老实说，我的脾气可不大好，迁怒的事儿有的是。那些时候你往往抽噎着流眼泪，从不回嘴，也不号啕。不过我也只信得过你一个人，有些话我只和你一个人说，因为世界上只你一个人真关心我，真同情我。你不但为我吃苦，更为我分苦；我之有我现在的精神，大半是你给我培养着的。这些年来我很少生病。但我最不耐烦生病，生了病就呻吟不绝，闹那伺候病的人。你是领教过一回的，那回只一两点钟，可是也够麻烦了。你常生病，却总不开口，挣扎着起来；一来怕搅我，二来怕没人做你那份儿事。我有一个坏脾气，怕听人生病，也是真的。后来你天天发烧，自己还以为南方带来的疟疾，一直瞒着我。明明躺着，听见我的脚步，一骨碌就坐起来。我渐渐有些奇怪，让大夫一瞧，这可糟了，你的一个肺已烂了一个大窟窿了！大夫劝你到西山去静养，你丢不下孩子，又舍不得钱；劝你在家里躺着，你也丢不下那份儿家务。

越看越不行了，这才送你回去。明知凶多吉少，想不到只一个月工夫你就完了！本来盼望还见得着你，这一来可拉倒了。你也何尝想到这个？父亲告诉我，你回家独住着一所小住宅，还嫌没有客厅，怕我回去不便哪。

前年夏天回家，上你坟上去了。你睡在祖父母的下首，想来还不孤单的。只是当年祖父母的坟太小了，你正睡在圹底下。这叫作“抗圹”，在生人看来是不安心的；等着想办法哪。那时圹上圹下密密地长着青草，朝露浸湿了我的布鞋。你刚埋了半年多，只有圹下多出一块土，别的全然看不出新坟的样子。我和隐今夏回去，本想到你的坟上来；因为她病了没来成。我们想告诉你，五个孩子都好，我们一定尽心教养他们，让他们对得起死了的母亲——你！谦，好好儿放心安睡吧，你。

醒来觉得甚是爱你[①]

· 朱生豪

第[019]封 爱 你

昨夜我看见郑天然[②]向我苦笑。你被谁吹大了，皮肤像酱油一样，样子很不美，我说，你现在身体很好了，说这句话，心里甚为感动，想把你抱起来高高地丢到天上去。醒来觉得甚是爱你。

这两天我很快活，而且骄傲。

---

① 选自《朱生豪情书全集》，朱生豪、宋清如著，朱尚刚整理，北京：中国青年出版社，2013年2月。原文无标题，本文标题为编者所加。

② 朱生豪在之江大学时的同学、好友。

你这人，有点太不可怕。尤其是，一点也不莫名其妙。

朱

清如：

恕我又发过一次小脾气，你不怪我？

今天热了起来，要穿单衣了。

告诉你昨天我看过什么电影。吃过中饭，一点半了，到北京剧院看丽琳哈蕙的《龙翔凤舞》，英文名*Congress Dance*，取背景于拿破仑被囚于Elba[①]岛之后，奥国权雄Matternich[②]所操纵的维也纳会议，述俄皇与维也纳民间女子的一段缱绻。是一本清快的音乐喜剧，带着opera[③]的形式，虽然不过是love story[④]，又有一点政治的意味，却处理得似童话一样美丽，充满令人愉快的诗趣，和一般好莱坞的影片不同。丽琳在这里美极了，俄皇派马车接她，一路上穿过市街，穿过郊野，在车子里小鸟一样唱歌，路上的人都向她欢呼，真是一个美丽的梦。酒肆中的恋情，府邸中的神奇，宫庭中的舞会（亲王贵族们在

---

① 爱尔巴岛，地中海中一小岛。

② 克莱门斯·梅特涅（1773–1859），时任奥地利首相。19世纪奥地利政治家、外交家。

③ 歌剧。

④ 爱情故事。

会议室里，听着乐声，椅子整整齐齐地摇摆起来，终于溜了出去），以及一切人物性格之歌剧化，都有类于阿丽思的奇境。于是海面起了波浪，拿破仑的黑影在朦胧中出现，一切烟消云散，小女郎立在门边呆望。

接着又到新光瞧《阿丽思漫游奇境记》[①]，毕竟因为太不自然的缘故，还不及在书上念着有趣。在我前面坐着四个女孩子，顶大的也只十二三岁，北方的言语，英文说得很好，看着预告的片子，说*Song of Songs*[②]我看过，有意思ㄐㄧ·ㄌ[③]！又说中国片子讲love的不多，《姐妹花》也不讲love。节目上有Hollywood Parade[④]的短片，说那是什么哪，大概是一个一个明星出来一下吧。故事中的什么White Queen，Red Queen[⑤]，也熟悉得厉害，Uncle William[⑥]是什么人呀？我奇怪她们懂得这么多。

愿你快乐！不恼我！

---

① 今译《爱丽丝漫游奇境》。

② 歌中之歌。

③ 汉语旧注音符号，是“极了”的注音。

④ 好莱坞展示。

⑤ 白桃皇后，红桃皇后（《爱丽丝漫游奇境》里的两张扑克牌）。

⑥ 威廉大叔。

六日下午

第[036]封　恋　慕

昨天上午安乐园冰激凌上市，可是下午便变成秋天，风吹得怪凉快的。今天上午，简直又变成冬天了。太容易生毛病，愿你保重。

昨夜梦见你、郑天然、郑瑞芬等，像是从前同学时的光景，情形记不清楚，但今天对人生很满意。

我希望你永远待我好，因此我愿意自己努力学好，但如果终于学不好，你会不会原谅我？

对自己我是太失望了。

不要愁老之将至，你老了一定很可爱。而且，假如你老了十岁，我当然也同样老了十岁，世界也老了十岁，上帝也老了十岁，一切都是一样。

我愿意舍弃一切，以想念你终此一生。

所有的恋慕。

蚯蚓　九日

第[064]封　平　凡

天如愿地冷了，不是吗？

我一定不笑你，因为我没有资格笑你。我们都是世上多余的人，但至少我们对于彼此都是世上最重要的人。

我一天一天明白你的平凡，同时却一天一天愈更深切地爱你。你如照镜子，你不会看得见你特别好的所在，但你如走进我的心里来时，你一定能知道自己是怎样好法（这是一个很古怪的说法，不是？）。

一切不要惶恐，都有魔鬼做主。

我真的非常想要看看你，怎么办？你一定要非常爱你自己，不要让她消瘦，否则我不依，我相信你是个乖。

Lucifer[①]

第[134]封　看　雨

我想要在茅亭里看雨、假山边看蚂蚁，看蝴蝶恋爱，看蜘蛛结网，看水，看船，看云，看瀑布，看宋清如甜甜地睡觉。

我觉得我已跟残废的人差不多了，五官（想来想去只有四官，眼耳口鼻之外，还有那一官不知是简任官还是特任官）都

---

① 路西法，西方宗教传说中的堕落天使。

已毁损，眼睛的近视在深起来，鼻子的左孔常出鼻血，左耳里面近来就睡时总要像风车一样轰隆轰隆扇了一阵，嘴里牙齿又有毛病，真是。

一切兴味索然，活下去全无指望，横竖顶多也不过再有十年好活，我真不想好好儿做人，恨起来简直想把自己狠狠地糟蹋一阵。

我寄你的信，总要送往邮局[1]

· 鲁迅

EL. DEAR：

今天下午刚发一信，现在又想执笔了。这也等于我的功课一样，而且是愿意做的那一门，高兴的就简直做下去吧，于是乎又有话要说出来了——

这时是晚上九点半，我想起今天是礼拜五，明天是礼拜六，一礼拜又快过去了，此信明天发，免得日曜受耽搁。料想这信到时，又过去一礼拜了，得到你的回信时，又是一礼拜，那么总共就过去三个礼拜了，那是在你接到此信，我得了你回

---

① 选自《鲁迅全集·第七卷》，鲁迅著，鲁迅先生纪念委员会编，广州：花城出版社，2021年8月。原文无标题，本文标题为编者所加。

复此信的时候的话。虽然这还很有些时光，但不妨以此先自快慰。话虽如此，你如没有工夫，就不必每得一信，即回一封，因为我晓得你忙，不会挂念的。

生怕记起的又即忘记了，先写出来吧：你如经过琉璃厂，不要忘掉了买你写日记用的红格纸，因为已经所余无几了。你也许不会忘记，不过我提起一下，较放心。

我寄你的信，总要送往邮局，不喜欢放在街边的绿色邮筒中，我总疑心那里会慢一点。然而也不喜欢托人带出去，我就将信藏在衣袋内，说是散步，慢慢地走出去，明知道这绝不是什么秘密事，但自然而然地好像觉得含有什么秘密性似的。待到走到邮局门口，又不愿投入挂在门外的方木箱，必定走进里面，放在柜台下面的信箱里才罢。那时心里又想：天天寄同一名字的信，邮局的人会不会诧异呢？于是就用较生的别号，算是挽救之法了。这种古怪思想，自己也觉得好笑，但也没有制服这个神经的神经，就让它胡思乱想吧。当走去送信的时候，我又记起了曾经有一个人，在夜里跑到楼下房外的信筒那里去，我相信天下痴呆盖无过于此君了，现在距邮局远，夜行不便，此风万不可长，宜切戒之！！

今日下午也缝衣，出去寄信时又买些水果，回来大家分吃了。你带去的云腿吃过了没有？还可口吗？我身体精神都好，食量也增加，不过继续着做一种事情，稍久就容易吃力，浑身疲乏。我知道这个道理，所以时而做些事，时而坐坐，时而睡睡，坐睡都厌了就到马路上来回走一个短路程，这样一调节，也就不致吃苦了。

时局消息，阅报便知，不多述了，有时北报似更详悉。听说现在津浦路还照常，但来时要打听清楚才好。

（YOUR H.M.五月十七夜十时。）

我爱你朴素，不爱你奢华①

·徐志摩

“幸福还不是不可能的”，这是我最近的发现。

今天早上的时刻，过得甜极了。我只要你；有你我就忘却一切，我什么都不想什么都不要了，因为我什么都有了。与你在一起没有第三人时，我最乐，坐着谈也好，走道也好，上街买东西也好。厂甸②我何尝没有去过，但哪有今天那样的甜法；爱是甘草，这苦的世界有了它就好上口了。眉，你真玲珑，你真活泼，你真像一条小龙。

---

① 选自《徐志摩陆小曼情书全集：图文珍藏本》，徐志摩、陆小曼著，陈漱渝、张瑞霞审校整理，北京：中国青年出版社，2019年9月。原文无标题，本文标题为编者所加。

② 在北京和平门外，也称琉璃厂，文物商店聚集处。

我爱你朴素，不爱你奢华，你穿上一件蓝布袍，你的眉目间就有一种特异的光彩，我看了心里就觉着不可名状的欢喜。朴素是真的高贵。你穿戴齐整的时候当然是好看，但那好看是寻常的，人人都认得的，素服时的眉，有我独到的领略。

“玩人丧德，玩物丧志”[①]，这句话确有道理。

我恨的是庸凡，平常，琐细，俗；我爱个性的表现。

我的胸膛并不大，决计装不下整个或是甚至部分的宇宙，我的心河也不够深，常常有露底的忧愁，我即使小有才，决计不是天生的，我信是勉强来的；所以每回我写什么多少总是难产，我唯一的靠傍是刹那间的灵通。我不能没有心的平安，眉，只有你能给我心的平安。在你完全的蜜甜的高贵的爱里，我享受无上的心与灵的平安。

凡事开不得头，开了头便有重复，甚至成习惯的倾向。在恋中人也得提防小漏缝儿，小缝儿会变大窟窿，那就糟了。我见过两相爱的人因为小事情误会斗口，结果只有损失，没有利益。我们家乡俗谚有“一天相骂十八头，夜夜睡在一横头”，意思说是好夫妻也免不了吵。我可不信，我信合理的生活，动机是爱，知识是南针；爱的生活也不能纯粹靠感情，彼此的了解是不可少的。爱是帮助了解的力，了解是爱的成熟，最高的

① 语出《尚书·旅獒》。

了解是灵魂的化合，那是爱的圆满功德。

没有一个灵性不是深奥的，要懂得真认识一个灵性，是一辈子的工作。这功夫愈下愈有味，像逛山似的，唯恐进得不深。

眉，你今晚说想到乡间去过活，我听了顶欢喜，可是你得准备吃苦。总有一天我引你到一个地方，使你完全转变你的思想与生活的习惯。你这孩子其实是太娇养惯了！我今天想起丹农雪乌[①]的《死的胜利》的结局；但中国人，哪配！眉，你我从今起对爱的生活负有做到它十全的义务。我们应得努力。眉，你怕死吗？眉，你怕活吗？活比死难得多！眉，老实说，你的生活一天不改变，我一天不得放心。但北京就是阻碍你新生命的一个大原因，因此我不免发愁。

我从前的束缚是完全靠理性解开的[②]；我不信你的就不能用同样的方法。万事只要自己决心：决心与成功间的是最短的距离。

往往一个人最不愿意听的话，是他最应得听的话。

---

① 今通译为邓南遮（1863—1938），意大利作家。主要作品有长篇小说“玫瑰三部曲”（《欢乐》《无辜者》《死亡的胜利》）。

② 指徐志摩与元配张幼仪离婚。

同呼吸一个地方的空气，心里就要平稳许多[①]

· 郁达夫

映霞[②]：

现在大约你总已经到了杭州了吧？你的祖父母亲弟弟妹妹都好吗？你或者现在在吃晚饭，但我一个人，却只坐在电灯的前头呆想，想你在家庭里团栾[③]的乐趣。

今天早晨，我本想等火车开后再回来的，但因为怕看见了那载人离别的机关，堂堂地将你搬载了去，怕看见这机器将你从我的身旁分开，送上每天不能相见的远地去时，心里

---

① 选自《名家书信鉴赏辞典》，李锋、罗友松主编，上海：上海辞书出版社，2012年6月。原文无标题，本文标题为编者所加。

② 王映霞，郁达夫妻子。1928年与郁达夫结婚，1940年离异。

③ 意为团聚。

更要不快乐，更要悲哀，所以就硬了心肠，一挥手就和你别了。我在洋车上，把你的信拆开来看，看完的时候，几乎放声哭了起来，就马上叫车夫拉我回去，回到南火车站①去，再和你握一握手。可是走到了蓬莱路口，又遇着了一群军队的通过，把交通都断绝了，所以只好闷闷地回来。回到了闸北，约略睡了一会儿，就有许多事务要办，又只好勉强起来应付着，一直地忙到了现在。现在大家在吃晚饭，我因为中上②吃了太饱，不想下去吃饭，所以马上就坐下来写这封信。

映霞，你叮嘱我的话，我句句都遵守着，我以后要节戒烟酒，要奋〔发〕愤做我的事业了，这一层请你放心。

今天天气实在好得很，但稍觉凉了一点，所以我在流清水鼻涕，人家都以为我在暗泣。映霞，我若果真在这里暗泣，那么你总也该知道，这眼泪是为谁流的。

映霞，我相信你，我敬服你，我更感激你到了万分，以后只教你能够时时写信给我，那我在寂寞之中，还可以自慰。我只盼望我们的自由的日子到来，到那时候，我们俩可以永远地

① 旧时上海老城南市的车站。
② 意为中午。

不至于离开。映霞，从前你住在梅白克路[①]的时候，我们俩虽则不是在一个屋椽之下，但要相见的时候，只教经过一二十分钟就可以相见。那时候即使不和你相见，我心里但想着你是和我同处在上海，同在呼吸一个地方的空气，那心里就要平稳许多，但现在你却去得很远了，我一想到你，就要心酸起来。映霞，这一回的小别，你大约总猜不出要使我感到多苦楚。但你的这一次的返里，却是不得已的，并且我们的来日，亦正长得很，映霞，我希望你能够利用这个机会，说得你母亲心服，好使我们俩的事情，得早一日成功。

你的信里说，今年年内我们总可以达到目的，但以我现在对你的心境讲来，怕就是三四个月也等不得。

总之，映霞，我以后要努力了，要好好儿地做人了，我想把我的事业，重新再来做过一番，庶几可以不使你失望，不使人家会笑你爱错了人。

我以后不跑出去了，绝对不跑出去了，就想拼命地著书，拼命地珍摄[②]身体，非但是为了我自己，并且是为了你。

今天头昏得很，想早点睡觉，只写到此地为止，此信，当于明天一早，由我自家跑上租界上去寄出。我希望你当没有接

① 现名新昌路。

② 书信套语，指珍重、保重身体。

到这一封信之先，已经有了寄给我的来书。

映霞，再见，再见！

一九二七年四月三日晚上写

达夫寄自上海创造社

闸北虽则交通不便，但信是仍旧可以通的，不过迟一点就是。

四月四日早付邮

无题（因为没有故事）[1]

· 老舍

人是为明天活着的，因为记忆中有朝阳晓露；假若过去的早晨都似地狱那么黑暗丑恶，盼明天干吗呢？是的，记忆中也有痛苦危险，可是希望会把过去的恐怖裹上一层糖衣，像看着一出悲剧似的，苦中有些甜美。无论怎说吧，过去的一切都不可移动；实在，所以可靠；明天的渺茫全仗昨天的实在撑持着，新梦是旧事的拆洗缝补。

对了，我记得她的眼。她死了好多年了，她的眼还活着，在我的心里。这对眼睛替我看守着爱情。当我忙得忘了许多事，甚至于忘了她，这两只眼会忽然在一朵云中，或一汪水里，或一瓣花上，或一线光中，轻轻地一闪，像归燕的

---

① 选自《老舍散文》，老舍著，北京：人民文学出版社，2014年1月。

翅儿，只需一闪，我便感到无限的春光。我立刻就回到那梦境中，哪一件小事都凄凉、甜美，如同独自在春月下踏着落花。

这双眼所引起的一点爱火，只是极纯的一个小火苗，像心中的一点晚霞，晚霞的结晶。它可以烧明了流水远山，照明了春花秋叶，给海浪一些金光，可是它恰好地也能在我心中，照明了我的泪珠。

它们只有两个神情：一个是凝视，极短极快，可是千真万确的是凝视。只微微地一看，就看到我的灵魂，把一切都无声地告诉给了我。凝视，一点也不错，我知道她只需极短极快地一看，看的动作过去了，极快地过去了，可是，她心里看着我呢，不定看多么久呢；我到底得管这叫作凝视，不论它是多么快，多么短。一切的诗文都用不着，这一眼道尽了“爱”所会说的与所会做的。另一个是眼珠横着一移动，由微笑移动到微笑里去，在处女的尊严中笑出一点点被爱逗出的轻佻，由热情中笑出一点点无法抑制的高兴。

我没和她说过一句话，没握过一次手，见面连点头都不点。可是我的一切，她知道；她的一切，我知道。我们用不着看彼此的服装，用不着打听彼此的身世，我们一眼看到一粒珍珠，藏在彼此的心里；这一点点便是我们的一切，那些七零八碎的东西都是配搭，都无须注意。看我一眼，她低着头轻快地走过去，把一点微笑留在她身后的空气中，像太阳落后还留下一些明霞。

我们彼此躲避着，同时彼此愿马上搂抱在一处。我们轻轻地哀叹；忽然遇见了，那么凝视一下，登时欢喜起来，身上像减了分量，每一步都走得轻快有力，像要跳起来的样子。

我们极愿意说一句话，可是我们很怕交谈，说什么呢？哪一个日常的俗字能道出我们的心事呢？让我们不开口，永不开口吧！我们的对视与微笑是永生的，是完全的，其余的一切都是破碎微弱，不值得一作的。

我们分离有许多年了，她还是那么秀美，那么多情，在我的心里。她将永远不老，永远只向我一个人微笑。在我的梦中，我常常看见她，一个甜美的梦是最真实、最纯洁、最完美的。多少人生中的小困苦小折磨使我丧气，使我轻看生命。可是，那个微笑与眼神忽然地从哪儿飞来，我想起唯有“人面桃花相映红”差可托拟的一点心情与境界，我忘了困苦，我不再丧气，我恢复了青春；无疑地，我在她的洁白的梦中，必定还是个美少年呀。

春在燕的翅上，把春光颤得更明了一些，同样，我的青春在她的眼里，永远使我的血温暖，像土中的一颗籽粒，永远想发出一个小小的绿芽。一粒小豆那么小的一点爱情，眼珠一移，嘴唇一动，日月都没有了作用，到无论什么时候，我们总是一对刚开开的春花。

不要再说什么，不要再说什么！我的烦恼也是香甜的呀，因为她那么看过我！

苦笑[①]

· 梁遇春

你走了，我却没有送你。我那天不是对你说过，我不去送你吗。送你只添了你的伤心，我的伤心，不送许倒可以使你在匆忙之中暂时遗忘了你所永不能遗忘的我，也可以使我存了一点儿濒于绝望的希望，那时你也许还没有离开这古城。我现在一走出家门，就尽我的眼力望着来往街上远远近近的女子，看一看里面有没有你。在我的眼里天下女子可分两大类，一是“你”，一是“非你”，一切的女子，不管村俏老少，对于我都失掉了意义，她们唯一的特征就在于“不是你”这一点，

① 选自《梁遇春散文》，梁遇春著，北京：人民文学出版社，2010年1月。

此外我看不出她们有什么分别。在 Fichte[①]的哲学里世界分作Ego[②]和non-ego[③]两部分，在我的宇宙里，只有you[④]和non-you[⑤]两部分。我憎恶一切人，我憎恶自己，因为这一切都不是你，都是我所不愿意碰到的，所以我虽然睁着眼睛，我却是个盲人，我什么也不能看见，因为凡是“不是你”的东西都是我所不肯瞧的。

我现在极喜欢在街上流荡，因为心里老想着也许会遇到你的影子，我现在觉得再有一瞥，我就可以在回忆里度过一生了。在我最后见到你以前，我已经觉得一瞥就可以做成我的永生了，但是见了你之后，我仍然觉得还差了一瞥，仍然深信再一瞥就够了。你总是这么可爱，这么像孙悟空用绳子拿着银角大王的心肝一样，抓着我的心儿，我对于你只有无穷的刻刻的愿望，我早已失掉我的理性了。

你走之后，我变得和气得多了，我对于生人老是这么嘻嘻哈哈敷衍着，对于知己的朋友老是这么露骨地乱谈着，我的心已经随着你的衣缘飘到南方去了，剩下来的空壳怎么会不

---

① 费希特（1762—1814），德国哲学家。

② 自我。

③ 非我。

④ 你。

⑤ 非你。

空心地笑着呢？然而，狂笑乱谈后心灵的沉寂，随和凑趣后的凄凉，这只有你知道呀！我深信你是饱尝过人世间苦辛的人，你已具有看透人生的眼力了。所以你对于人生取这么通俗的态度，这么用客套来敷衍我。你是深于忧患的，你知道客套是一切灵魂相接触的缓冲地，所以你拿这许多客套来应酬我，希冀我能够因此忘记我的悲哀，和我们以前的种种。你的装作无情正是你的多情，你的冷酷正是你的仁爱，你真是客套得使我太感到你的热情了。

今晚我醉了，醉得几乎不知道我自己的姓名。但是一杯一杯的酒使我从不大和我相干的事情里逃出，使我认识了有许多东西实在不是属于我的。比如我的衣服，那是如是容易破烂的，比如我的脸孔，那是如是容易变得更清瘦，换一个样子，但是在每杯斟到杯缘的酒杯底我一再见到你的笑容，你的苦笑，那好像一个人站在悬岩边际，将跳下前一刹那的微笑。一杯一杯干下去，你的苦笑一下一下沉到我心里。我也现出苦笑的脸孔了，也参到你的人生妙诀了。做人就是这样子苦笑地站着，随着地球向太空无目的地狂奔，此外并无别的意义。你从生活里得到这么一个教训，你还它以暗淡的冷笑，我现在也是这样了。

你的心死了，死得跟通常所谓成功的人的心一样地麻木；我的心也死了，死得恍惚世界已返于原始的黑暗了。两个死的心再连在一起有什么意义呢？苦痛使我们灰心，把我们的心化作再燃不着的灰烬，这真是“哀莫大于心死”。所以我们是已经失掉了生的意志和爱的能力了，“希望”早葬在坟墓之中了，就说将来会实现也不过是僵尸而已矣。

年纪总算轻轻，就这么万劫不复地结束，彼此也难免觉得惆怅吧！这么人不知鬼不觉地从生命的行列退出，当个若有若无的人，脸上还涌着红潮的你怎能甘心呢？因此你有时还发出挣扎着的呻吟，那是已堕陷阱的走兽最后的呼声。我却只有望着烟斗的烟雾凝想，想到以前可能，此刻绝难办到的事情。

今晚有一只虫，惭愧得很我不知道它叫作什么，在我耳边细吟，也许你也听到这类虫的声音吧！此刻我们居在地上听着，几百年后我们在地下听着，那有什么碍事呢，虫声总是这么可喜的。也许你此时还听不到虫声，却望着白浪滔天的大海微叹。你看见海上的波涛没有？来时多么雄壮，一会儿却消失得无影无踪，你我的事情也不过大海里的微波吧，也许上帝正凭阑远眺水平线上的苍茫山色，没有注意到我们的一起一伏，那时我们又何必如此夜郎自大，狂诉自个的悲哀呢？

辑三

心迹未予外人阅，花枝一束故人香

志摩的最动人的特点，是他那不可信的纯净的天真，对他的理想的愚诚，对艺术欣赏的认真，体会情感的切实，全是难能可贵到极点。

老舍先生[1]

· 汪曾祺

北京东城迺兹府丰富胡同有一座小院。走进这座小院，就觉得特别安静，异常豁亮。这院子似乎经常布满阳光。院里有两棵不大的柿子树（现在大概已经很大了），到处是花，院里、廊下、屋里，摆得满满的。按季更换，都长得很精神，很滋润，叶子很绿，花开得很旺。这些花都是老舍先生和夫人胡絜青亲自莳弄的。天气晴和，他们把这些花一盆一盆抬到院子里，一身热汗。刮风下雨，又一盆一盆抬进屋，又是一身热汗。老舍先生曾说："花在人养。"老舍先生爱花，真是到了爱花成性的地步，不是可有可无的了。汤显祖曾说他的词

① 选自《汪曾祺散文》，汪曾祺著，杭州：浙江文艺出版社，2018年12月。

曲“俊得江山助”。老舍先生的文章也可以说是“俊得花枝助”。叶浅予[①]曾用白描为老舍先生画像，四面都是花，老舍先生坐在百花丛中的藤椅里，微仰着头，意态悠远。这张画不是写实，意思恰好。

客人被让进了北屋当中的客厅，老舍先生就从西边的一间屋子走出来。这是老舍先生的书房兼卧室。里面陈设很简单，一桌、一椅、一榻。老舍先生腰不好，习惯睡硬床。老舍先生是文雅的、彬彬有礼的。他的握手是轻轻的，但是很亲切。茶已经沏出色了，老舍先生执壶为客人倒茶。据我的印象，老舍先生总是自己给客人倒茶的。

老舍先生爱喝茶，喝得很勤，而且很酽。他曾告诉我，到莫斯科去开会，旅馆里倒是为他特备了一只暖壶。可是他沏了茶，刚喝了几口，一转眼，服务员就给倒了。“他们不知道，中国人是一天到晚喝茶的！”

有时候，老舍先生正在工作，请客人稍候，你也不会觉得闷得慌。你可以看看花。如果是夏天，就可以闻到一阵一阵香白杏的甜香味儿。一大盘香白杏放在条案上，那是专门为了闻

---

① 原名叶纶绮（1907—1995），笔名初萌、性天等。浙江桐庐人，中国漫画和生活速写的奠基人。曾为茅盾小说《子夜》、老舍剧本《茶馆》等书绘制插图，出版个人画集多种。

香而摆设的。你还可以站起来看看西壁上挂的画。

老舍先生藏画甚富，大都是精品。所藏齐白石的画可谓“绝品”。壁上所挂的画是时常更换的。挂的时间较久的，是白石老人应老舍点题而画的四幅屏。其中一幅是很多人在文章里提到过的《蛙声十里出山泉》。“蛙声”如何画？白石老人只画了一脉活泼的流泉，两旁是乌黑的石崖，画的下端画了几只摆尾的蝌蚪。画刚刚裱起来时，我上老舍先生家去，老舍先生对白石老人的设想赞叹不止。

老舍先生极其爱重齐白石，谈起来时总是充满感情。我所知道的一点白石老人的逸事，大都是从老舍先生那里听来的。老舍先生谈这四幅里原来点的题有一句是苏曼殊的诗（是哪一句我忘记了），要求画卷心的芭蕉。老人踌躇了很久，终于没有应命，因为他想不起芭蕉的心是左旋还是右旋的了，不能胡画。老舍先生说：“老人是认真的。”老舍先生谈起过，有一次要拍齐白石的画的电影，想要他拿出几张得意的画来，老人说：“没有！”后来由他的学生再三说服动员，他才从画案的隙缝中取出一卷（他是木匠出身，他的画案有他自制的“消息①”），外面裹着好几层报纸，写着四个大字：“此是废纸。”打开一看，都是惊人的杰作——就是后来纪录片里所

① 意为机关，发动机械装置的枢机。

拍摄的。白石老人家里人口很多，每天煮饭的米都是老人亲自量，用一个香烟罐头。“一下、两下、三下……行了！”——“再添一点，再添一点！”——“吃那么多呀！”有人曾提出把老人接出来住，这么大岁数了，不要再操心这样的家庭琐事了。老舍先生知道了，给拦了，说：“别！他这么着惯了。不叫他干这些，他就活不成了。”老舍先生的意见表现了他对人的理解，对一个人生活习惯的尊重，同时也表现了对白石老人真正的关怀。

老舍先生很好客，每天下午，来访的客人不断。作家，画家，戏曲、曲艺演员……老舍先生都是以礼相待，谈得很投机。

每年，老舍先生要把市文联的同人约到家里聚两次。一次是菊花开的时候，赏菊。一次是他的生日——我记得是腊月二十三。酒菜丰盛，而有特点。酒是“敞开供应”，汾酒、竹叶青、伏特加，愿意喝什么喝什么，能喝多少喝多少。有一次很郑重地拿出一瓶葡萄酒，说是毛主席送来的，让大家都喝一点。菜是老舍先生亲自掂配[①]的。老舍先生有意叫大家尝尝地道的北京风味。我记得有次有一瓷钵芝麻酱炖黄花鱼。这道菜我从未吃过，以后也再没有吃过。老舍家的芥末墩是我吃过的

① 意为斟酌安排、酌情搭配。

最好的芥末墩！有一年，他特意订了两大盒“盒子菜”。直径三尺许的朱红扁圆漆盒，里面分开若干格，装的不过是火腿、腊鸭、小肚、口条之类的切片，但都很精致。熬白菜端上来了，老舍先生举起筷子：“来来来！这才是真正的好东西！”

老舍先生对他下面的干部很了解，也很爱护。当时市文联的干部不多，老舍先生对每个人都相当清楚。他不看干部的档案，也从不找人“个别谈话”，只是从平常的谈吐中就了解一个人的水平和才气，那是比看档案要准确得多的。老舍先生爱才，对有才华的青年，常常在各种场合称道，“平生不解藏人善，到处逢人说项斯”。而且所用的语言在有些人听起来是有点过甚其词、不留余地的。老舍先生不是那种惯说模棱两可、含糊其词、温暾水[①]一样的官话的人。我在市文联几年，始终感到领导我们的是一位作家。他和我们的关系是前辈与后辈的关系，不是上下级关系。老舍先生这样“作家领导”的作风在市文联留下很好的影响，大家都平等相处，开诚布公，说话很少顾虑，都有点书生气、书卷气。他的这种领导风格，正是我们今天很多文化单位的领导所缺少的。

老舍先生是市文联的主席，自然也要处理一些“公务”，看文件，开会，作报告（也是由别人起草的）……但是作为一

① 意为不冷不热的水，形容言谈、文辞等不爽利。

个北京市的文化工作的负责人，他常常想着一些别人没有想到或想不到的问题。

北京新中国成立前有一些盲艺人，他们沿街卖艺，有的还兼带算命，生活很苦。他们的“玩意儿”和睁眼的艺人不全一样。老舍先生和一些盲艺人熟识，提议把这些盲艺人组织起来，使他们的生活有出路，别让他们的“玩意儿”绝了。为了引起各方面的重视，他把盲艺人请到市文联演唱了一次。老舍先生亲自主持，作了介绍，还特烦两位老艺人翟少平、王秀卿唱了一段《当皮箱》。这是一个喜剧性的牌子曲，里面有一个人物是当铺的掌柜，说山西话；有一个牌子叫“鹦哥调”，句尾的和声用喉舌作出有点像母猪拱食的声音，很特别，很逗。这个段子和这个牌子，是睁眼艺人没有的。老舍先生那天显得很兴奋。

北京有一座智化寺，寺里的和尚做法事和别的庙里的不一样，演奏音乐。他们演奏的乐调不同凡响，很古。所用乐谱别人不能识，记谱的符号不是工尺，而是一些奇奇怪怪的笔道。乐器倒也和现在常见的差不多，但主要的乐器却是管。据说这是唐代的“燕乐”。新中国成立后，寺里的和尚多半已经各谋生计了，但还能聚拢在一起。老舍先生把他们请来，演奏了一次。音乐界的同志对这堂活着的古乐都很感兴趣。老舍先生为此也感到很兴奋。

《当皮箱》和“燕乐”的下文如何，我就不知道了。

老舍先生是历届北京市人民代表。当人民代表就要替人民说话。以前人民代表大会的文件汇编是把代表提案都印出来的。有一年老舍先生的提案是：希望政府解决芝麻酱的供应问题。那一年北京芝麻酱缺货。老舍先生说：“北京人夏天离不开芝麻酱！”不久，北京的油盐店里有芝麻酱卖了，北京人又吃上了香喷喷的麻酱面。

老舍是属于全国人民的，首先是属于北京人的。

一九五四年，我调离北京市文联，以后就很少上老舍先生家里去了。听说他有时还提到我。

忆沈从文[①]

· 梁实秋

一九六八年六月九日一份报纸中的方块文章井心先生记载着：“以写作手法新颖，自成一格……的作者沈从文，不久以前，在大陆因受不了迫害而死。听说他喝过一次煤油，割过一次静脉，终于带着不屈服的灵魂而死去了。”

接着又说：“他出身行伍，而以文章闻名；自称小兵，而面目姣好如女子，说话、态度尔雅、温文……”“他写得一手娟秀的《灵飞经》……”这几句话描写得确切而生动，使我想起沈从文其人。

---

① 选自《散文精读·梁实秋》，梁实秋著，杭州：浙江人民出版社，2020年6月。

我现在先发表他一封信，大概是民国十九年[①]间他在上海时候写给我的。信的内容没有什么可注意的，但是几个字写得很挺拔而俏丽。他最初以“休芸芸”的笔名向《晨报副镌》投稿时，用细尖钢笔写的稿子就非常出色，徐志摩因此到处揄扬他。后来他写《阿丽丝中国游记》分期刊登《新月》，我才有机会看到他的笔迹，果然是秀劲不凡。

从文虽然笔下洋洋洒洒，却不健谈，见了人总是低着头羞答答的，说话也是细声细气。关于他“出身行伍”的事他从不多谈。他在十九年三月写过一篇《从文自序》，关于此点有清楚的交代，他说：“因为生长地方为清时屯戍重镇，绿营制度到近年尚依然存在，故于过去祖父曾入军籍，做过一次镇守使，现在兄弟及父亲皆仍在军籍中做中级军管。因地方极其偏僻，与苗民杂处聚居，教育文化皆极低落，故长于其环境中的我，幼小时显出生命的那一面，是放荡与诡诈。十二岁我曾受过关于军事的基本训练，十五岁时随军外出曾做上士。后到沅州，为一城区屠宰收税员，不久又以书记名义，随某剿匪部队在川、湘、鄂、黔四省边上过放纵野蛮约三年。因身体衰弱，年龄渐长，从各种生活中养成了默想与体会人生趣味的习惯，对于过去生活有所怀疑，渐觉有努力位置自己在一陌生事业上

① 1930年。

之必要。因这憧憬的要求，糊糊涂涂地到了北京。”这便是他早年从军经过的自白。

由于徐志摩的吹嘘，胡适之先生请他到中国公学教国文，这是一件极不寻常的事，因为一个没有正常的适当的学历资历的青年而能被人赏识于牝牡骊黄之外，是很不容易的。从文初登讲坛，怯场是意中事，据他自己说，上课之前做了充分准备，以为资料足供一小时使用而有余，不料面对黑压压一片人头，三言两语地就把要说的话都说完了，剩下许多时间非得临时编造不可，否则就要冷场，这使他颇为受窘。一位教师不善言辞，不算是太大的短处，若是没有足够的学识便难获得大家的敬服。因此之故，从文虽然不是顶会说话的人，仍不失为成功的受欢迎的教师。记问之学不足以为人师，需要有启发别人的力量才不愧为人师，在这一点上从文有他独到之处，因为他有丰富的人生经验和好学深思的性格。

在中国公学一段时间，他最大的收获大概是他的婚姻问题的解决。英语系的女生张兆和女士是一个聪明用功而且秉性端庄的小姐，她的家世很好，多才多艺的张充和女士便是她的胞姐。从文因授课的关系认识了她，而且一见钟情。凡是沉默寡言笑的人，一旦堕入情网，时常是一往情深，一发而不可收拾。从文尽管颠倒，但是没有得到对方青睐。他有一次急得想要跳楼。他本有流鼻血的毛病，几番挫折之后，苍白的面孔愈发苍白了。他会写信，以纸笔代喉舌。张小姐实在被缠不过，而且师生恋爱声张开来也是令人很窘的，于是有一天她带着一大包从文写给她的信去谒见胡校长，请他做主制止这一扰人举动的发展。她指出了信中这样的一句话：“我不仅爱你的灵魂，我也要你的肉体。”她认为这是侮辱。胡先生皱着眉头，板着面孔，细心听她陈述，然后绽出一丝笑容，温和地对她说：“我劝你嫁给他。”张女士吃了一惊，但是禁不住胡先生诚恳地解说，居然急转直下默不作声地去了。胡先生曾自诩善于为人作伐，从文的婚事得谐便是他常常乐道的一例。

在青岛大学从文教国文，大约一年多就随杨振声（今甫）先生离开青岛到北平居住。今甫到了夏季就搬到颐和园赁屋消暑，和他做伴的一位干女儿，自称过的是帝王生活，优哉游哉地享受那园中的风光湖色。此时从文给今甫做帮手，编中学国文教科书，所以也常常在颐和园出出进进。书编得很精彩，偏重于趣味，可惜不久抗日战争军兴，书甫编竣，已不合时代需要，故从未印行。

从文一方面很有修养，一方面也很孤僻，不失为一个特立独行之士。像这样不肯随波逐流的人，如何能不做了时代的牺牲？他的作品有四十几种，可谓多产，文笔略带欧化语气，大约是受了阅读翻译文学作品的影响。

此文写过，又不敢相信报纸的消息，故未发表。读聂华苓女士作《沈从文评传》（英文本，一九七二年纽约Twayne Publishers[①]出版），果然好像从文尚在人间。人的生死可以随便传来传去，真是人间何世！

① 美国特怀恩出版公司。

老伴[1]

· 沈从文

我平日想到泸溪县时，回忆中就浸透了摇船人催橹歌声，且被印象中一点儿小雨，仿佛把心也弄湿了。这地方在我生活史中占了一个位置，提起来真使我又痛苦又快乐。

泸溪县城界于辰州与浦市两地中间，上距浦市六十里，下达辰州也恰好六十里。四面是山，对河的高山逼近河边，壁立拔峰，河水在山峡中流去。县城位置在洞河与沅水汇流处，小河泊船贴近城边，大河泊船去城约三分之一里。（洞河通称小河，沅水通称大河。）洞河来源远在苗乡，河口长年停泊了五十只左右小小黑色洞河船。弄船者有短小精悍的花帕苗，头

---

① 选自《沈从文散文（第一集）》，沈从文著，范桥等编，北京：中国广播电视出版社，1994年2月。

包格子花帕，腰围短短裙子。有白面秀气的所里[1]人，说话时温文尔雅，一张口又善于唱歌。洞河既水急山高，河身转折极多，上行船到此已不适宜于借风使帆。凡入洞河的船只，到了此地，便把风帆约成一束，做上个特别记号，寄存于城中店铺里去，等待载货下行时，再来取用。由辰州开行的沅水商船，六十里为一大站，停靠泸溪为必然的事。浦市下行船若预定当天赶不到辰州，也多在此过夜。然而上下两个大码头把生意全已抢去，每天虽有若干船只到此停泊，小城中商业却清淡异常。沿大河一方面，一个稍稍像样的青石码头也没有。船只停靠都得在泥滩与泥堤下，落了小雨，上岸下船不知要滑倒多少人！

十七年前的七月里，我带了“投笔从戎”的味儿，在一个“龙头大哥”兼“保安司令”的带领下，随同八百乡亲，乘了从高村抓封得到的三十来只大小船舶，浮江而下，来到了这个地方。靠岸停泊时正当傍晚，紫绛山头为落日镀上一层金色，乳色薄雾在河面流动。船只拢岸时摇船人照例促橹长歌，那歌声糅合了庄严与瑰丽，在当前景象中，真是一曲不可形容的音乐。

第二天，大队船只全向下游开拔去了，抛下了三只小船

① 今湖南吉首，旧属乾城县。

不曾移动。两只小船装的是旧棉军服，另一只小船，却装了十三名补充兵，全船中人年龄最大的一个十九岁，极小的一个十三岁。

十三个人在船上实在太挤了。船既不开动，天气又正热，挤在船上也会中暑发痧。因此许多人白日里尽光身泡在长河清流中，到了夜里，便爬上泥堤去睡觉。一群小子身上全是空无所有，只从城边船户人家讨来一大捆稻草，各自扎了一个草枕，在泥堤上仰面躺了五个夜晚。

这件事对于我个人不是一个坏经验。躺在尚有些微余热的泥土上，身贴大地，仰面向天，看尾部闪放宝蓝色光辉的萤火虫匆匆促促飞过头顶。沿河是细碎人语声，蒲扇拍打声，与烟杆剥剥地敲着船舷声。半夜后天空有流星曳了长长的光明下坠。滩声长流，如对历史有所陈诉埋怨。这一种夜景，实在是我终身不能忘掉的夜景！

到后落雨了，各人竟上了小船。白日太长，无法排遣，各自赤了双脚，冒着小雨，从烂泥里走进县城街上去观光。大街头江西人经营的布铺，铺柜中坐了白发皤然老妇人，庄严沉默如一尊古佛。大老板无事可做，只腆着个肚皮，叉着两手，把脚拉开成为八字，站在门限边对街上檐溜出神。窄巷里石板砌成的行人道上，小孩子扛了大而朴质的雨伞，响着寂寞的钉鞋声。待到回船时，各人身上业已湿透，就各自把衣服从身上脱下，站在船头相互帮忙拧去雨水。天夜了，便满船是呛人的油气与柴烟。

在十三个伙伴中我有两个极要好的朋友。其中一个是我的同宗兄弟，名叫沈万林。年纪顶大，与那个在常德府开旅馆头戴水獭皮帽子的朋友，原本同在一个中营游击衙门里服务当差，终日栽花养金鱼，事情倒也从容悠闲。只是和上面管事头目合不来，忽然对职务厌烦起来，把管他的头目痛打了一顿，自己也被打了一顿，因此就与我们做了同伴。其次是那个年纪顶轻的，名字就叫“开明”，一个赵姓成衣人[①]的独生子，为人伶俐勇敢，稀有少见。家中虽盼望他能承继先人之业，他却梦想做个上尉副官，头戴金边帽子，斜斜佩上条红色值星带，站在副官处台阶上骂差弁，以为十分神气。因此同家中吵闹了一次，负气出了门。这小孩子年纪虽小，心可不小！同我们到县城街上转了三次，就看中了一个绒线铺的和他年龄差不多的女孩子，问我借钱向那女孩子买了三次白棉线草鞋带子。他虽买了不少带子，那时节其实连一双多余的草鞋都没有，把带子买得同我们回转船上时，他且说：“将来若做了副官，当天赌咒，一定要回来讨那女孩子做媳妇。”那女孩子名叫“××”，我写“边城”故事时，弄渡船的外孙女，明慧温柔

① 方言，指裁缝。

的品性，就从那绒线铺小女孩印象而来。我们各人对于这女孩子印象似乎都极好，不过当时却只有他一个人特别勇敢天真，好意思把那一点糊涂希望说出口来。

日子过去了三年，我那十三个同伴，有三个人由驻防地的辰州请假回家去，走到泸溪县境驿路上，出了意外的事情，各被土匪砍了二十余刀，流一摊血倒在大路旁死掉了。死去的三人中，有一个就是我那同宗兄弟。我因此得到了暂时还家的机会。

那时节军队正预备从鄂西开过四川就食，部队中好些年轻人一律被遣送回籍。那保安司令官意思就在让各人的父母负点儿责；以为一切是命的，不妨打发小孩子再归营报到，担心小孩子生死的，自然就不必再来了。

我于是和那个伙伴并其他二十多个年轻人，一同挤在一只小船中，还了家乡。小船上行到泸溪县停泊时，虽已黑夜，两人还进城去拍打那人家的店门，从那个女孩手中买了一次白带子。

到家不久，这小子大约不忘却做副官的好处，借故说假期已满，同成衣人爸爸又大吵了一架，偷了些钱，独自走下辰州了。我因家中无事可做，不辞危险也坐船下了辰州。我到得辰州老参将衙门报到时，方知道本军部队四千人，业已于四天前全部开拔过四川，所有相熟伙伴完全走尽了。我们已不能过四川，改成为留守处人员。留守处只剩下一个上尉军需官，一个老年上校副官长，一个跛脚中校副官，以及两班新刷下来的老弱兵士。开明被派作勤务兵，我的职务为司书生，两人皆在留守处继续供职。两人既受那个副官长管辖，老军官见我们终日坐在衙门里梧桐树下唱山歌，以为我们应找点正经事做做，就想出个巧办法，派遣两人到附近城外荷塘里去为他钓蛤蟆。两人一面钓蛤蟆一面谈天，我方知道他下行时居然又到那绒线铺买了一次带子。我们把蛤蟆从水荡中钓来，剥了皮洗刷得干干净净后，用麻线捆着那东西小脚，成串提转衙门时，老军官就加上作料，把一半熏了下酒，剩下一半还托同乡带回家中去给老太太享受。我们这种工作一直延长到秋天，才换了另外一种。

过了约一年，有一天，川边来了个特急电报：部队集中驻扎在湖北边上来凤小县城里，正预备拉夫派捐回湘，忽然当地切齿发狂的平民，受当地神兵煽动，秘密约定由神兵带头打先锋，发生了民变，各自拿了菜刀、镰刀、撇麻砍柴刀，大清早分头猛扑各个驻军庙宇和祠堂来同军队作战。四千军队在措手不及情形中，一早上就放翻了三千左右。总部中除那个保安司令官同一个副官侥幸脱逃外，其余所有高级官佐职员全被民兵砍倒了。（事后闻平民死去约七千，半年内小城中随处还可发现白骨。）这通电报在我命运上有了个转机，过不久，我就领了三个月遣散费，离开辰州，走到出产香草香花的芷江县，每天拿了个紫色木戳，过各屠桌边验猪羊税去了。所有八个伙伴已在川边死去，至于那个同买带子同钓蛤蟆的朋友呢，消息当然从此也就断绝了。

整整过去十七年后，我的小船又在落日黄昏中，到了这个地方停靠下来。冬天水落了些，河水去堤岸已显得很远，裸露出一大片干枯泥滩。长堤上有枯苇唰唰作响，阴背地方还可看到些白色残雪。

石头城恰当日落一方，雉堞与城楼皆为夕阳落处的黄天衬出明明朗朗的轮廓。每一个山头仍然镀上了金，满河是橹歌浮动（就是那使我灵魂轻举永远赞美不尽的歌声！），我站在船头，思索到一件旧事，追忆及几个旧人。黄昏来临，开始占领了整个空间。远近船只全只剩下一些模糊轮廓，长堤上有一堆一堆人影子移动。邻近船上炒菜落锅声音与小孩哭声杂然并陈。忽然间，城门边响了一声卖糖人的小锣，铛……

一双发光乌黑的眼珠，一条直直的鼻子，一张小口，从那一槌小锣声中重现出来。我忘了这份长长岁月在人事上所发生的变化，恰同小说书本上角色一样，怀了不可形容的童心，上了堤岸进了城。城中接瓦连椽的小小房子，以及住在这小房子里的人民，我似乎与他们都十分相熟。时间虽已过了十七年，我还能认识城中的道路，辨别城中的气味。

我居然没有错误，不久就走到了那绒线铺门前了。恰好有个船上人来买棉线，当他推门进去时，我紧跟着进了那个铺子。有这样稀奇的事情吗？我见到的不正是那个女孩吗？我真惊讶得说不出话来。十七年前那小女孩就成天站在铺柜里一朵棉纱边，两手反复交换动作挽她的棉线，目前我所见到的，还是那么一个样子。难道我如浮士德一样，当真回到了那个“过去”了吗？我认识那眼睛、鼻子，和薄薄的小嘴。我毫不含糊，敢肯定现在的这一个就是当年的那一个。

“要什么呀？”就是那声音，也似乎与我极其熟悉。

我指定悬在钩上一束白色东西，“我要那个！”

如今真轮到我这老军务来购买系草鞋的白棉纱带子了！当那女孩子站在一个小凳子上，去为我取钩上货物时，铺柜里火盆中有茶壶沸水声音，某一处有人吸烟声音。女孩子辫发上缠的是一绺白绒线，我心想：“死了爸爸还是死了妈妈？火盆边茶水沸了起来，小福扇门后面有个男子哑声说话：

“小翠，小翠，水开了，你怎么的？”女孩子虽已即刻很轻捷灵便地跳下凳子，把水罐挪开，那男子却仍然走出来了。

真没有再使我惊讶的事了，在黄晕晕的煤油灯光下，我原来又见到了那成衣人的独生子，这人简直可说是一个老人。很显然的，时间同鸦片烟已毁了他。但不管时间同鸦片烟在这男子脸上刻下了什么记号，我还是一眼就认定这人便是那一再来到这铺子里购买带子的赵开明。从他那点神气看来，却绝猜不出面前的主顾，正是同他钓蛤蟆的老伴。这人虽做不成副官，另一糊涂希望可终究被他达到了。我憬然觉悟他与这一家人的关系，且明白那个似乎永远年轻的女孩子是谁的儿女了。我被“时间”意识猛烈地掴了一巴掌，摩摩我的面颊，一句话不说，静静地站在那儿看两父女度量带子，验看点数我给他的钱。完事时，我想多停顿一会儿，又借故买点白糖。他们虽不卖白糖，老伴却十分热心出门为我向别一铺子把糖买来。他们那份安于现状的神气，使我觉得若用我身份惊动了他，就真是我的罪过。

我拿了那个小小包儿出城时，天已断黑，在泥堤上乱走。天上有一粒极大星子，闪耀着柔和悦目的光明。我瞅定这一粒星子，目不旁瞬。

“这星光从空间到地球据说就得三千年，阅历多些，它那么镇静有它的道理。我现在还只三十岁刚过头，能那么镇静吗？……”

我心中似乎极其混乱，我想我的混乱是不合理的。我的脚正踏到十七年前所躺卧的泥堤上，一颗心跳跃着，勉强按捺也不能约束自己。可是，过去的，有谁人能拦住不让它过去，又有谁能制止不许它再来？时间使我的心在各种变动人事上感受了点分量不同的压力，我得沉默，得忍受。再过十七年，安知道我不再到这小城中来？世界虽极广大，人可总像近于一种宿命，限制在一定范围内，经验到他的过去相熟的事情。

为了这再来的春天，我有点忧郁，有点寂寞。黑暗河面起了缥缈快乐的橹歌。河中心一只商船正想靠码头停泊，歌声在黑暗中流动，从歌声里我俨然彻悟了什么。我明白“我不应当翻阅历史，温习历史”。在历史前面，谁人能够不感惆怅？

但我这次回来为的是什么？自己询问自己，我笑了。我还愿意再活十七年，重来看看我能看到难于想象的一切。

我所见的叶圣陶[①]

· 朱自清

我第一次与圣陶见面是在民国十年[②]的秋天。那时刘延陵兄介绍我到吴淞炮台湾中国公学教书。到了那边，他就和我说："叶圣陶也在这儿。"我们都念过圣陶的小说，所以他这样告我。我好奇地问道："怎样一个人？"出乎我的意外，他回答我："一位老先生哩。"但是延陵和我去访问圣陶的时候，我觉得他的年纪并不老，只那朴实的服色和沉默的风度与我们平日所想象的苏州少年文人叶圣陶不甚符合罢了。

记得见面的那一天是一个阴天。我见了生人照例说不出话；圣陶似乎也如此。我们只谈了几句关于作品的泛泛的意

---

① 选自《朱自清散文》，朱自清著，长沙：岳麓书社，2021年5月。

② 1921年。

见，便告辞了。延陵告诉我每星期六圣陶总回甪直[①]去；他很爱他的家。他在校时常邀延陵出去散步；我因与他不熟，只独自坐在屋里。不久，中国公学忽然起了风潮。我向延陵说起一个强硬的办法——实在是一个笨而无聊的办法！——我说只怕叶圣陶未必赞成。但是出乎我的意外，他居然赞成了！后来细想他许是有意优容我们吧；这真是老大哥的态度呢。我们的办法天然是失败了，风潮延宕下去；于是大家都住到上海来。我和圣陶差不多天天见面；同时又认识了西谛[②]、予同[③]诸兄。这样经过了一个月；这一个月实在是我的很好的日子。

我看出圣陶始终是个寡言的人。大家聚谈的时候，他总是坐在那里听着。他却并不是喜欢孤独，他似乎老是那么有味地听着。至于与人独对的时候，自然多少要说些话；但辩论是不来的。他觉得辩论要开始了，往往微笑着说："这个弄不大清楚了。"这样就过去了。他又是个极和易的人，轻易看不见他的怒色。他辛辛苦苦保存着的《晨报》副张，上面有他自己的文字的，特地从家里捎来给我看；让我随便放在一个书架上，给散失了。当他和我同时发现这件事时，他只略露惋惜的

---

① 地名，位于江苏。

② 指郑振铎（1898—1958），笔名西谛。中国作家、文学史家。

③ 指周予同（1898—1981），原名毓懋，学名豫桐、蘧，字予同。中国经学史家。

颜色，随即说：“由他去末哉，由他去末哉！”我是至今惭愧着，因为我知道他作文是不留稿的。他的和易出于天性，并非阅历世故，矫揉造作而成。他对于世间妥协的精神是极厌恨的。在这一月中，我看见他发过一次怒——始终我只看见他发过这一次怒——那便是对于风潮的妥协论者的蔑视。

风潮结束了，我到杭州教书。那边学校当局要我约圣陶去。圣陶来信说：“我们要痛痛快快游西湖，不管这是冬天。”他来了，教我上车站去接。我知道他到了车站这一类地方，是会觉得寂寞的。他的家实在太好了，他的衣着，一向都是家里管。我常想，他好像一个小孩子；像小孩子的天真，也像小孩子的离不开家里人。必须离开家里人时，他也得找些熟朋友伴着；孤独在他简直是有些可怕的。所以他到校时，本来是独住一屋的，却愿意将那间屋做我们两人的卧室，而将我那间做书室。这样可以常常相伴；我自然也乐意，我们不时到西湖边去；有时下湖，有时只喝喝酒。在校时各据一桌，我只预备功课，他却老是写小说和童话。初到时，学校当局来看过他。第二天，我问他：“要不要去看看他们？”他皱眉道：“一定要去吗？等一天吧。”后来始终没有去。他是最反对形式主义的。

那时他小说的材料，是旧日的储积；童话的材料有时却是片刻的感兴。如《稻草人》中《大喉咙》一篇便是。那天早上，我们都醒在床上，听见工厂的汽笛；他便说："今天又有一篇了，我已经想好了，来得真快啊。"那篇的艺术很巧，谁想他只是片刻的构思呢！他写文字时，往往拈笔伸纸，便手不停挥地写下去，开始及中间，停笔踌躇时绝少。他的稿子极清楚，每页至多只有三五个涂改的字。他说他从来是这样的。每篇写毕，我自然先睹为快；他往往称述结尾的适宜，他说对于结尾是有些把握的。看完，他立即封寄《小说月报》；照例用平信寄。我总劝他挂号；但他说："我老是这样的。"他在杭州不过两个月，写的真不少，教人羡慕不已。《火灾》里从《饭》起到《风潮》这七篇，还有《稻草人》中一部分，都是那时我亲眼看他写的。

在杭州待了两个月，放寒假前，他便匆匆地回去了；他实在离不开家，临去时让我告诉学校当局，无论如何不回来了。但他却到北平住了半年，也是朋友拉去的。我前些日子偶翻十一年①的《晨报副刊》，看见他那时途中思家的小诗，重念了两遍，觉得怪有意思。北平回去不久，便入了商务印书馆编译部，家也搬到上海。从此在上海待下去，直到现在——中间又被朋友拉到福州一次，有一篇《将离》抒写那回的别恨，是缠绵悱恻的文字。这些日子，我在浙江乱跑，有时到上海小

① 1922年。

住，他常请了假和我各处玩儿或喝酒。有一回，我便住在他家，但我到上海，总爱出门，因此他老说没有能畅谈；他写信给我，老说这回来要畅谈几天才行。

十六年[①]一月，我接眷北来，路过上海，许多熟朋友和我饯行，圣陶也在。那晚我们痛快地喝酒，发议论；他是照例地默着。酒喝完了，又去乱走，他也跟着。到了一处，朋友们和他开了个小玩笑；他脸上略露窘意，但仍微笑地默着。圣陶不是个浪漫的人；在一种意义上，他正是延陵所说的“老先生”。但他能了解别人，能谅解别人，他自己也能“作达”，所以仍然——也许格外——是可亲的。那晚快夜半了，走过爱多亚路，他向我诵周美成的词：“酒已都醒，如何消夜永！”我没有说什么；那时的心情，大约也不能说什么的。我们到一品香又消磨了半夜。这一回特别对不起圣陶；他是不能少睡觉的人。他家虽住在上海，而起居还依着乡居的日子；早七点起，晚九点睡。有一回我九点十分去，他家已熄了灯，关好门了。这种自然的、有秩序的生活是对的。那晚上伯祥说：“圣兄明天要不舒服了。”想起来真是不知要怎样感谢才好。

第二天我便上船走了，一眨眼三年半，没有上南方去。信也很少，却全是我的懒。我只能从圣陶的小说里看出他心

① 1927年。

境的迁变；这个我要留在另一文中说。圣陶这几年里似乎到十字街头走过一趟，但现在怎么样呢？我却不甚了然。他从前晚饭时总喝点酒，“以半醺为度”；近来不大能喝酒了，却学了吹笛——前些日子说已会一出《八阳》，现在该又会了别的了吧。他本来喜欢看看电影，现在又喜欢听听昆曲了。但这些都不是“厌世”，如或人所说的；圣陶是不会厌世的，我知道。又，他虽会喝酒，加上吹笛，却不曾抽什么“上等的纸烟”，也不曾住过什么“小小别墅”，如或人所想的，这个我也知道。

哭佩弦[①]

· 郑振铎

从抗战以来，接连地有好几位少年时候的朋友去世了。哭地山、哭六逸、哭济之，想不到如今又哭佩弦了。在朋友们中，佩弦的身体算是很结实的。矮矮的个子，方而微圆的脸，不怎么肥胖，但也绝不瘦。一眼望过去，便是结结实实的一位学者。说话的声音，徐缓而有力。不多说废话，从不开玩笑，纯然是忠厚而笃实的君子。写信也往往是寥寥的几句，意尽而止。但遇到讨论什么问题的时候，却滔滔不绝。他的文章，也是那么地不蔓不枝，恰到好处，增加不了一句，也删节不掉

---

① 选自《郑振铎散文》，郑振铎著，乔继堂主编，鄢晓霞选编，上海：上海科学技术文献出版社，2012年10月。佩弦，即朱自清，字佩弦。

一句。

他做什么事都负责到底。他的《背影》，就可作为他自己的一个描写。他的家庭负担不轻，但他全力地负担着，不叹一句苦。他教了三十多年的书，在南方各地教，在北平教；在中学里教，在大学里教。他从来不肯马马虎虎地教过去。每上一堂课，在他是一件大事。尽管教得很熟的教材，但他在上课之前，还须仔细地预备着。一边走上课堂，一边还是十分地紧张。记得在清华大学的时候，有一次我在他办公室里坐着，见他紧张地在翻书。我问道：

“下一点钟有课吗？”

“有的，”他说道，“总得要看看。”

像这样负责的教员，恐怕是不多见的。他写文章时，也是以这样的态度来写。写得很慢，改了又改，绝不肯草率地拿出去发表。我上半年为《文艺复兴》的“中国文学研究”号向他要稿子，他寄了一篇《好与巧》来；这是一篇结实而用力之作。但过了几天，他又来了一封快信，说还要修改一下，要我把原稿寄回给他。我寄了回去。不久，修改的稿子来了，增加了不少有力的例证。他就是那么不肯马马虎虎地过下去的！

他的主张，向来是老成持重的。

将近二十年了，我们同在北平。有一天，在燕京大学南大地一位友人处晚餐。我们热烈地辩论着“中国字”是不是艺术的问题。向来总是“书画”同称，我却反对这个传统的观念。大家提出了许多意见。有的说，艺术是有个性的；中国字有个性，所以是艺术。又有的说，中国字有组织，有变化，极富于美术的标准。我却极力地反对着他们的主张。我说，中国字有个性，难道别国的字便表现不出个性了吗？要说写得美，那么，梵文和蒙古文写得也是十分匀美的。这样的辩论，当然是不会有结果的。

临走的时候，有一位朋友还说，他要编一部《中国艺术史》，一定要把中国书法的一部门放进去。我说，如果把“书”也和“画”同样地并列在艺术史里，那么，这部艺术史一定不成其为艺术史的。

当时，有十二个人在座。九个人都反对我的意见，只有冯芝生和我意见全同。佩弦一声也不言语。我问道：

“佩弦，你的主张怎样呢？”

他郑重地说道：“我算是半个赞成的吧。说起来，字的确是不应该成为美术。不过，中国的书法，也有它长久的传统的历史。所以，我只赞成一半。”

这场辩论，我至今还鲜明地在眼前。但老成持重，一半和我同调的佩弦却已不在人间，不能再参加那么热烈的争论了。

这样的一位结结实实的人，怎么会刚过五十便去世了呢？——我说“结结实实”，这是我十多年前的印象。在抗战中，我们便没有见过。在抗战中，他从北平随了学校撤退到后方。他跟着学生徒步跑，跑到长沙，又跑到昆明，还照料着学校图书馆里搬出来的几千箱的书籍。这一次的长征，也许使他结结实实的身体开始受了伤。

在昆明联大的时候，他的生活很苦。他的夫人和孩子们都不能在身边，为了经济的拮据，只能让他们住在成都。听说，食米的恶劣，使他开始有了胃病。他是一位有名的衣履不周的教授之一。冬天，没有大衣，把马用的毡子裹在身上，就作为大衣；而在夜里，这一条毡子便又作为棉被用。

有人来说，佩弦瘦了，头上也有了白发。我没有想象到佩弦瘦到什么样子；我的印象中，他始终是一位结结实实的矮个子。

胜利以后，大家都复员了，应该可以见到。但他为了经济的关系，径从内地到北平去，并没有经过南方。我始终没有见到瘦了后的佩弦。

在北平，他还是过得很苦。他并没有松下一口气来。

暑假后，是他应该休假的一年。我们都盼望他能够到南边来游一趟。谁知道在假期里他便一瞑不视了呢？我永远不会再有机会见到瘦了后的佩弦了！

佩弦虽然在胜利三年后去世，其实他是为抗战而牺牲者之一。那么结结实实的身体，如果不经过抗战的这一个阶段的至窘极苦的生活，他怎么会瘦弱了下去而死了呢？他的致死的病是胃溃疡，与肾脏炎。积年地吃了多沙粒和稗子的配给米，是主要的原因。积年地缺乏营养与过度地工作，使他一病便不起。尽管有许多人发了国难财、胜利财，乃至汉奸们也发了财而逍遥法外，许多瘦子都变成了肥头大脸的胖子，但像佩弦那样的文人、学者与教授，却只是天天地瘦下去，以至于病倒而死。就在胜利后，他们过的还是那么苦难的日子，与可悲愤的生活。

在这个悲愤苦难的时代，连老成持重的佩弦，也会是充满了悲愤的。在报纸上，见到有佩弦签名的有意义的宣言不少。他曾经对他的学生们说，“给我以时间，我要慢慢地学”。他在走上一条新的路上来了。可惜的是，他正在走着，他的旧伤痕却使他倒了下去。

他花了整整一年工夫，编成《闻一多全集》。他既担任着这一个工作，他便勤勤恳恳地、专心一志地、负责到底地做着。《闻一多全集》的能够出版，他的力量是最大的；他所费的时间也最多。我们读到他的《闻一多全集》的序，对于他的“不负死友”的精神，该怎样地感动。

地山刚刚走上一条新的路，便死了；如今佩弦又是这样。过了中年的人要蜕变是不容易的。而过了中年的人经过了这十多年的折磨之后，又是多么脆弱啊！佩弦的死，不仅是朋友们该失声痛哭，哭这位忠厚笃实的好友的损失，而且也是中国的一个重大的损失，损失了那么一位认真而诚恳的教师、学者与文人！

悼志摩[1]

· 林徽因

十一月十九日[2]我们的好朋友，许多人都爱戴的新诗人，徐志摩突兀地，不可信地，惨酷地，在飞机上遇险而死去。这消息在二十日的早上像一根针刺猛触到许多朋友的心上，顿使那一早的天墨一般地昏黑，哀恸的咽哽锁住每一个人的嗓子。

志摩……死……谁曾将这两个句子联在一处想过！他是那样活泼的一个人，那样刚刚站在壮年的顶峰上的一个人。朋友们常常惊讶他的活动，他那像小孩般的精神和认真，谁又会想到他死？

---

① 选自《林徽因诗文集》，林徽因著，上海：上海三联书店，2006年8月。

② 本文写于1931年。

突然地，他闯出我们这共同的世界，沉入永远的静寂，不给我们一点预告，一点准备，或是一个最后希望的余地。这种几乎近于忍心的决绝，那一天不知震麻了多少朋友的心？现在那不能否认的事实，仍然无情地挡住我们前面。任凭我们多苦楚地哀悼他的惨死，多迫切地希冀能够仍然接触到他原来的音容，事实是不会为体贴我们这悲念而有些许更改；而他也再不会为不忍我们这伤悼而有些许活动的可能！这难堪的永远静寂和消沉便是死的最残酷处。

我们不迷信地、没有宗教地望着这死的帷幕，更是丝毫没有把握。张开口我们不会呼吁，闭上眼不会入梦，徘徊在理智和情感的边沿，我们不能预期后会，对这死，我们只是永远发怔，吞咽枯涩的泪，待时间来剥削这哀恸的尖锐，痂结我们每次悲悼的创伤。那一天下午初得到消息的许多朋友不是全跑到胡适之先生家里吗？但是除却拭泪相对，默然围坐外，谁也没有主意，谁也不知有什么话说，对这死！

谁也没有主意，谁也没有话说！事实不容我们安插任何的希望，情感不容我们不伤悼这突兀的不幸，理智又不容我们有超自然的幻想！默然相对，默然围坐……而志摩则仍是死去没有回头，没有音讯，永远地不会回头，永远地不会再有音讯。

我们中间没有绝对信命运之说的，但是对着这不测的人生，谁不感到惊异，对着那许多事实的痕迹又如何不感到人力的脆弱，智慧的有限。世事尽有定数？世事尽是偶然？对这永远的疑问我们什么时候能有完全的把握？

在我们前边展开的只是一堆坚质的事实：

“是的，他十九晨有电报来给我……

“十九早晨，是的！说下午三点准到南苑，派车接……

“电报是九时从南京飞机场发出的……

“刚是他开始飞行以后所发……

“派车接去了，等到四点半……说飞机没有到……

“没有到……航空公司说济南有雾……很大……”只是一个钟头的差别；下午三时到南苑，济南有雾！谁相信就是这一个钟头中便可以有这么不同事实的发生，志摩，我的朋友！

他离平的前一晚我仍见到，那时候他还不知道他次晨南旅的，飞机改期过三次，他曾说如果再改下去，他便不走了的。我和他同由一个茶会出来，在总布胡同口分手。在这茶会里我们请的是为太平洋会议来的一个柏雷博士，因为他是志摩生平最爱慕的女作家曼殊斐儿①的姊丈，志摩十分地殷勤；希望可以再从柏雷口中得些关于曼殊斐儿早年的影子，只因限于时间，我们茶后匆匆地便散了。晚上我有约会出去了，回来时很晚，听差说他又来过，适遇我们夫妇刚走，他自己坐

① 今通译为曼斯菲尔德（1888—1923），英国女作家。

了一会儿，喝了一壶茶，在桌上写了些字便走了。我到桌上一看：——

“定明早六时飞行，此去存亡不卜……”我怔住了，心中一阵不痛快，却忙给他一个电话。

“你放心，”他说，“很稳当的，我还要留着生命看更伟大的事迹呢，哪能便死？”

话虽是这样说，他却是已经死了整两周了！

凡是志摩的朋友，我相信全懂得，死去他这样一个朋友是怎么一回事！

现在这事实一天比一天更结实，更固定，更不容否认。志摩是死了，这个简单惨酷的实际早又添上时间的色彩，一周，两周，一直地增长下去……

我不该在这里语无伦次地尽管呻吟我们做朋友的悲哀情绪。归根说，读者抱着我们文字看，也就是像志摩的请柏雷一样，要从我们口里再听到关于志摩的一些事。这个我明白，只怕我不能使你们满意，因为关于他的事，动听的，使青年人知道这里有个不可多得的人格存在的，实在太多，决不是几千字可以表达得完。谁也得承认像他这样的一个人世间便不轻易有几个的，无论在中国或是外国。

我认得他，今年整十年，那时候他在伦敦经济学院，尚未去康桥。我初次遇到他，也就是他初次认识到影响他迁学的狄更生先生。不用说他和我父亲最谈得来。虽然他们年岁上差别不算少，一见面之后便互相引为知己。他到康桥之后由狄更生介绍进了皇家学院，当时和他同学的有我姊丈温君源宁。一直到最近两月中源宁还常在说他当时的许多笑话，虽然说是笑话，那也是他对志摩最早的一个惊异的印象。志摩认真的诗情，绝不含有丝毫矫伪，他那种痴，那种孩子似的天真实能令人惊讶。源宁说，有一天他在校舍里读书，外边下了倾盆大雨——唯是英伦那样的岛国才有的狂雨——忽然他听到有人猛敲他的房门，外边跳进一个被雨水淋得全湿的客人。不用说他便是志摩，一进门一把扯着源宁向外跑，说快来我们到桥上去等着。这一来把源宁怔住了，他问志摩等什么在这大雨里。志摩睁大了眼睛，孩子似的高兴地说“看雨后的虹去”。源宁不止说他不去，并且劝志摩趁早将湿透的衣服换下，再穿上雨衣出去，英国的湿气岂是儿戏。志摩不等他说完，一溜烟地自己跑了！

以后我好奇地曾问过志摩这故事的真确，他笑着点头承认这全段故事的真实。我问：那么下文呢，你立在桥上等了多久，并且看到虹了没有？他说记不清，但是他居然看到了虹。我诧异地打断他对那虹的描写，问他：怎么他便知道，准会有虹的。他得意地笑答我说：“完全诗意的信仰！”

“完全诗意的信仰”，我可要在这里哭了！也就是为这

“诗意的信仰”他硬要借航空的方便达到他“想飞”的夙愿！“飞机是很稳当的，”他说，“如果要出事那是我的运命！”他真对运命这样完全诗意地信仰！

志摩我的朋友，死本来也不过是一个新的旅程，我们没有到过的，不免过分地怀疑，死不定就比这生苦。“我们不能轻易断定那一边没有阳光与人情的温慰”，但是我前边说过最难堪的是这永远的静寂。我们生在这没有宗教的时代，对这死实在太没有把握了。这以后许多思念你的日子，怕要全是昏暗的苦楚，不会有一点点光明，除非我也有你那美丽的诗意的信仰！

我个人的悲绪不竟又来扰乱我对他生前许多清晰的回忆，朋友们原谅。

诗人的志摩用不着我来多说，他那许多诗文便是估价他的天平。我们新诗的历史才是这样的短，恐怕他的判断人尚在我们儿孙辈的中间。我要谈的是诗人之外的志摩。人家说志摩的为人只是不经意的浪漫，志摩的诗全是抒情诗，这断语从不认识他的人听来可以说很公平，从他朋友们看来实在是对不起他。志摩是个很古怪的人，浪漫固然，但他人格里最精华的却是他对人的同情、和蔼，和优容；没有一个人他对他不和蔼，没有一种人，他不能优容，没有一种的情感，他绝对地不能表同情。我不说了解，因为不是许多人爱说志摩最不解人情吗？

我说他的特点也就在这上头。

我们寻常人就爱说了解；能了解的我们便同情，不了解的我们便很落寞乃至于酷刻。表同情于我们能了解的，我们以为很适当；不表同情于我们不能了解的，我们也认为很公平。志摩则不然，了解与不了解，他并没有过分地夸张，他只知道温存、和平、体贴，只要他知道有情感的存在，无论出自何人，在何等情况之下，他理智上认为适当与否，他全能表几分同情，他真能体会原谅他人与他自己不相同处。从不会刻薄地单支出严格的迫仄的道德的天平指摘凡是与他不同的人。他这样的温和，这样的优容，真能使许多人惭愧，我可以忠实地说，至少他要比我们多数的人伟大许多；他觉得人类各种的情感动作全有它不同的，价值放大了的人类的眼光，同情是不该只限于我们划定的范围内。他是对的，朋友们，归根说，我们能够懂得几个人，了解几桩事，几种情感？哪一桩事，哪一个人没有多面的看法！为此说来志摩朋友之多，不是个可怪的事；凡是认得他的人不论深浅对他全有特殊的感情，也是极自然的结果。而反过来看他自己在他一生的过程中却是很少得着同情的。不只如是，他还曾为他的一点理想的愚诚几次几乎不见容于社会。但是他却未曾为这个而鄙吝他给他人的同情心，他的性情，不曾为受了刺激而转变刻薄暴戾过，谁能不承认他几有超人的宽量。

志摩的最动人的特点，是他那不可信的纯净的天真，对他的理想的愚诚，对艺术欣赏的认真，体会情感的切实，全是难能可贵到极点。他站在雨中等虹，他甘冒社会的大不韪争他的恋爱自由；他坐曲折的火车到乡间去拜哈代，他抛弃博士一类的引诱卷了书包到英国，只为要拜罗素做老师，他为了一种特异的境遇，一时特异的感动，从此在生命途中冒险，从此抛弃所有的旧业，只是尝试写几行新诗——这几年新诗尝试的运命并不太令人踊跃，冷嘲热骂只是家常便饭——他常能走几里路去采几茎花，费许多周折去看一个朋友说两句话；这些，还有许多，都不是我们寻常能够轻易了解的神秘。我说神秘，其实竟许是傻，是痴！事实上他只是比我们认真，虔诚到傻气，到痴！他愉快起来他的快乐的翅膀可以碰得到天，他忧伤起来，他的悲戚是深得没有底。寻常评价的衡量在他手里失了效用，利害轻重他自有他的看法，纯是艺术的情感的脱离寻常的原则，所以往常人常听到朋友们说到他总爱带着嗟叹的口吻说："那是志摩，你又有什么法子！"他真的是个怪人吗？朋友们，不，一点都不是，他只是比我们近情，近理，比我们热诚，比我们天真，比我们对万物都更有信仰，对神，对人，对灵，对自然，对艺术！

朋友们，我们失掉的不只是一个朋友，一个诗人，我们丢掉的是个极难得可爱的人格。

至于他的作品全是抒情的吗？他的兴趣只限于情感吗？更是不对。志摩的兴趣是极广泛的。就有几件，说起来，不认得他的人便要奇怪。他早年很爱数学，他始终极喜欢天文，他对天上星宿的名字和部位就认得很多，最喜暑夜观星，好几次他坐火车都是带着关于宇宙的科学的书。他曾经译过爱因斯坦的相对论，并且在一九二二年便写过一篇关于相对论的东西登在《民铎》杂志上。他常向思成说笑："任公①先生的相对论的知识还是从我徐君志摩大作上得来的呢，因为他说他看过许多关于爱因斯坦的哲学都未曾看懂，看到志摩的那篇才懂了。"今夏我在香山养病，他常来闲谈，有一天谈到他幼年上学的经过和美国克莱克大学两年学经济学的景况，我们不禁对笑了半天，后来他在他的《猛虎集》的"序"里也说了那么一段。可是奇怪的！他不像许多天才，幼年里上学，不是不及格，便是被斥退，他是常得优等的，听说有一次康乃尔暑校里一个极严的经济教授还写了信去克莱克大学教授那里恭维他的学生，关于一门很难的功课。我不是为志摩在这里夸张，因为事实上只有为了这桩事，今夏志摩自己便笑得不亦乐乎！

此外他的兴趣对于戏剧绘画都极深浓，戏剧不用说，与诗文是那么接近，他领略绘画的天才也颇可观，后期印象派的

---

① 指梁启超。

几个画家，他都有极精密的爱恶，对于文艺复兴时代那几位，他也很熟悉，他最爱鲍提且利[①]和达文骞[②]。自然他也常承认文人喜画常是间接地受了别人论文的影响，他的，就受了法兰[③]（Roger Fry）和斐德[④]（Walter Pater）的不少。对于建筑审美他常常对思成和我道歉说："太对不起，我的建筑常识全是Ruskins[⑤]那一套。"他知道我们是最讨厌Ruskins的。但是为看一个古建的残址，一块石刻，他比任何人都热心，都更能静心领略。

他喜欢色彩，虽然他自己不会作画，暑假里他曾从杭州给我几封信，他自己叫它们作"描写的水彩画"，他用英文极细致地写出西边桑田的颜色，每一分嫩绿，每一色鹅黄，他都仔细地观察到。又有一次他望着我园里一带断墙半晌不语，过后他告诉我说，他正在默默体会，想要描写那墙上向晚的艳阳和刚刚入秋的藤萝。

---

① 今通译为米开朗琪罗·博纳罗蒂。

② 今通译为达·芬奇（1452—1519），意大利文艺复兴三杰之一，代表作有《最后的晚餐》《蒙娜丽莎》等。

③ 今通译为罗杰·弗莱（1866—1934），英国艺术批评家，代表作有《视觉与设计》《变形》《塞尚》等。

④ 今通译为瓦尔特·佩特（1839—1894），英国批评家。

⑤ 拉斯金（1819—1900），英国艺术评论家。

对于音乐，中西的他都爱好，不止爱好，他那种热心便唤醒过北平一次——也许唯一的一次——对音乐的注意。谁也忘不了那一年，克拉斯拉①到北平在“真光”拉一个多钟头的提琴。对旧剧他也得算“在行”，他最后在北平那几天我们曾接连地同去听好几出戏，回家时我们讨论的热闹，比任何剧评都诚恳都起劲。

谁相信这样的一个人，这样忠实于“生”的一个人，会这样早地永远地离开我们另投一个世界，永远地静寂下去，不再透些许声息！

我不敢再往下写，志摩若是有灵听到比他年轻许多的一个小朋友拿着老声老气的语调谈到他的为人不觉得不快吗？这里我又来个极难堪的回忆，那一年他在这同一个的报纸上写了那篇伤我父亲惨故的文章，这梦幻似的人生转了几个弯，曾几何时，却轮到我在这风紧夜深里握笔吊他的惨变。这是什么人生？什么风涛？什么道路？志摩，你这最后的解脱未始不是幸福，不是聪明，我该当羡慕你才是。

---

① 今通译为克莱斯勒（1875—1962），美籍奥地利小提琴家、作曲家，20世纪前半叶欧美小提琴家代表之一。

记辜鸿铭[①]

· 胡适

民国十年[②]十月十三夜，我的老同学王彦祖先生请法国汉学家戴弥微先生（Mon Demieville）在他家中吃饭，陪客的有辜鸿铭先生，法国的□[③]先生，徐墀先生，和我；还有几位，我记不得了。这一晚的谈话，我的日记里留有一个简单的记载，今天我翻看旧日记，想起辜鸿铭的死，想起那晚上的主人王彦祖也死了，想起十三年之中人事变迁的迅速，我心里颇有不少的感触。所以我根据我的旧日记，用记忆来补充它，写成

---

① 选自《胡适散文》，胡适著，北京：人民文学出版社，2021年11月。

② 1921年。

③ 原文缺字，故以方框代替。下同。

这篇辜鸿铭的回忆。

辜鸿铭向来是反对我的主张的，曾经用英文在杂志上驳我；有一次为了我在《每周评论》上写的一段短文，他竟对我说，要在法庭控告我。然而在见面时，他对我总很客气。

这一晚他先到了王家，两位法国客人也到了；我进来和他握手时，他对那两位外国客说：Here comes my learned enemy[①]！大家都笑了。

入座之后，戴弥微的左边是辜鸿铭，右边是徐墀。大家正在喝酒吃菜，忽然辜鸿铭用手在戴弥微的背上一拍，说："先生，你可要小心！"戴先生吓了一跳，问他为什么，他说："因为你坐在辜疯子和徐颠子的中间！"大家听了，哄堂大笑，因为大家都知道，"Cranky Hsü"和"Crazy Ku"的两个绰号。

一会儿，他对我说："去年张少轩（张勋）过生日，我送了他一副对子，上联是'荷尽已无擎雨盖'，——下联是什么？"我当他是集句的对联，一时想不起好对句，只好问他："想不出好对，你对的什么？"他说："下联是'菊残犹有傲霜枝'。"我也笑了。

他又问："你懂得这副对子的意思吗？"我说："'菊残

① 这是我学识渊博的敌人。

犹有傲霜枝’当然是张大帅和你老先生的辫子了。‘擎雨盖’是什么呢？”他说：“是清朝的大帽。”我们又大笑。

他在席上大讲他最得意的安福国会选举时他卖票的故事，这个故事我听他亲口讲过好几次了，每回他总添上一点新花样，这也是老年人说往事的普通毛病。

安福部当权时，颁布了一个新的国会选举法，其中有一部分的参议员是须由一种中央通儒院票选的，凡国立大学教授，凡在国外大学得学位的，都有选举权。于是许多留学生有学士硕士博士文凭的，都有人来兜买。本人不必到场，自有人拿文凭去登记投票。据说当时的市价是每张文凭可卖二百元。兜买的人拿了文凭去，还可以变化发财。譬如一张文凭上的姓名是Wu Ting，第一次可报“武定”，第二次可报“丁武”，第三次可报“吴廷”，第四次可说是江浙方音的“丁和”。这样办法，原价二百元，就可以卖八百元了。

辜鸿铭卖票的故事确是很有风趣的。他说：

> □□□来运动我投他一票，我说：“我的文凭早就丢了。”他说：“谁不认得你老人家？只要你亲自来投票，用不着文凭。”我说：“人家卖两百块钱一票，我老辜至少要卖五百块。”他说：“别人两百，你老人家三百。”我说：“四百块，少一毛钱不来，还是先付现款，不要支

票。”他要还价，我叫他滚出去。他只好说：“四百块钱依你老人家。可是投票时务必请你到场。”

选举的前一天，□□□果然把四百元钞票和选举入场证都带来了，还再三叮嘱我明天务必到场。等他走了，我立刻出门，赶下午的快车到了天津，把四百块钱全报效在一个姑娘——你们都知道，她的名字叫一枝花——的身上了。两天工夫，钱花光了，我才回北京来。

□□□听说我回来了，赶到我家，大骂我无信义。我拿起一根棍子，指着那个留学生小政客，说：“你瞎了眼睛，敢拿钱来买我！你也配讲信义！你给我滚出去！从今以后不要再上我门来！”

那小子看见我的棍子，真个乖乖地逃出去了。

说完了这个故事，他回过头来对我说：

你知道有句俗话：“监生拜孔子，孔子吓一跳。”我上回听说□□□的孔教会要去祭孔子，我编了一首白话诗：

监生拜孔子，孔子吓一跳。
孔会拜孔子，孔子要上吊。

胡先生，我的白话诗好不好？

一会儿，辜鸿铭指着那两位法国客人大发议论了。他说：

先生们，不要见怪，我要说你们法国人真有点不害羞，怎么把一个文学博士的名誉学位送给□□□！□先生，你的《□□报》上还登出□□□的照片来，坐在一张书桌边，桌上堆着一大堆书，题作“□大总统著书之图”！呃，呃，真羞煞人！我老辜向来佩服你们贵国——La belle France！现在真丢尽了你们的La belle France的脸了！你们要是送我老辜一个文学博士，也还不怎样丢人！可怜的班乐卫先生，他把博士学位送给□□□□，呃？

那两位法国客人听了老辜的话，都很感觉不安，那位《□□报》的主笔尤其脸红耳赤，他不好不替他的政府辩护一两句。辜鸿铭不等他说完，就打断他的话，说：“Monsieur，你别说了。有一个时候，我老辜得意的时候，你每天来看我，我开口说一句话，你就说：‘辜先生，您等一等。’你就连忙摸出铅笔和日记本子来，我说一句，你就记一句，一个字也不肯放过。现在我老辜倒霉了，你的影子也不上我门上来了。”

那位法国记者，脸上更红了。我们的主人觉得空气太紧张了，只好提议，大家散坐。

上文说起辜鸿铭有一次要在法庭控告我，这件事我也应该补叙一笔。

在民国八年八月间，我在《每周评论》第三十三期登出了一段随感录：

> 〔辜鸿铭〕现在的人看见辜鸿铭拖着辫子，谈着“尊王大义”，一定以为他是向来顽固的。却不知辜鸿铭当初是最先剪辫子的人；当他壮年时，衙门里拜万寿，他坐着不动。后来人家谈革命了，他才把辫子留起来。辛亥革命时，他的辫子还没有养全，拖带着假发接的辫子，坐着马车乱跑，很出风头。这种心理很可研究。当初他是“立异以为高”，如今竟是“久假而不归”了。

这段话是高而谦先生告诉我的，我深信高而谦先生不说谎话，所以我登在报上。那一期出版的一天，是一个星期日，我在北京西车站同一个朋友吃晚饭。我忽然看见辜鸿铭先生同七八个人也在那里吃饭。我身边恰好带了一张《每周评论》，我就走过去，把报送给辜先生看。他看了一遍，对我说：“这段记事不很确实。我告诉你我剪辫子的故事。我的父亲送我出洋时，把我托给一位苏格兰教士，请他照管我。但他对我说：现在我完全托了□先生，你什么事都应该听他的话。只有两件事我要叮嘱你：第一，你不可进耶稣教；第二，你不可剪辫子。我到了苏格兰，跟着我的保护人，过了许多时。每天出门，街上小孩子总跟着我叫喊：‘瞧啊，支那人的猪尾巴！’我想着父亲的教训，忍着侮辱，终不敢剪辫。那个冬天，我的保护人往伦敦去了，有一天晚上我去拜望一个女朋友。这个女朋友很顽皮，她拿起我的辫子来赏玩，说中国人的头发真黑得可爱。我看她的头发也是浅黑的，我就说：‘你要肯赏收，我就把辫子剪下来送给你。’她笑了；我就借了一把剪子，把我的辫子剪下来送了给她。这是我最初剪辫子的故事。可是拜万寿，我从来没有不拜的。”他说时指着同坐的几位老头子，“这几位都是我的老同事。你问他们，我可曾不拜万寿牌位？”

我向他道歉，仍回到我们的桌上。我远远地望见他把我的报纸传给同坐客人看。我们吃完了饭，我因为身边只带了这一份报，就走过去向他讨回那张报纸。大概那班客人说了一些挑拨的话，辜鸿铭站起来，把那张《每周评论》折成几叠，向衣袋里一插，正色对我说：“密斯忒胡，你在报上毁谤了我，你要在报上向我正式道歉。你若不道歉，我要向法庭控告你。”

我忍不住笑了。我说："辜先生，你说的话是开我玩笑，还是恐吓我？你要是恐吓我，请你先去告状；我要等法庭判决了才向你正式道歉。"我说了，点点头，就走了。

后来他并没有实行他的恐吓。大半年后，有一次他见着我，我说："辜先生，你告我的状子进去了没有？"他正色说："胡先生，我向来看得起你；可是你那段文章实在写得不好！"

宗月大师[1]

· 老舍

在我小的时候，我因家贫而身体很弱。我九岁才入学。因家贫体弱，母亲有时候想教我去上学，又怕我受人家的欺侮，更因交不上学费，所以一直到九岁我还不识一个字。说不定，我会一辈子也得不到读书的机会。因为母亲虽然知道读书的重要，可是每月间三四吊钱的学费，实在让她为难。母亲是最喜脸面的人。她迟疑不决，光阴又不等待着任何人，荒来荒去，我也许就长到十多岁了。一个十多岁的贫而不识字的孩子，很自然地去做个小买卖——弄个小筐，卖些花生、煮豌豆，或樱桃什么的。要不然就是去学徒。母亲很爱我，但是假若我能去做学徒，或提篮沿街卖樱桃而每天赚几百钱，她或者就不会坚

① 选自《老舍散文》，老舍著，北京：人民文学出版社，2014年1月。

决地反对。穷困比爱心更有力量。

有一天刘大叔偶然地来了。我说“偶然地”，因为他不常来看我们。他是个极富的人，尽管他心中并无贫富之别，可是他的财富使他终日不得闲，几乎没有工夫来看穷朋友。一进门，他看见了我。“孩子几岁了？上学没有？”他问我的母亲。他的声音是那么洪亮，（在酒后，他常以学喊俞振庭的《金钱豹》自傲）他的衣服是那么华丽，他的眼是那么亮，他的脸和手是那么白嫩肥胖，使我感到我大概是犯了什么罪。我们的小屋，破桌凳，土炕，几乎禁不住他的声音的震动。等我母亲回答完，刘大叔马上决定：“明天早上我来，带他上学，学钱、书籍，大姐你都不必管！”我的心跳起多高，谁知道上学是怎么一回事呢！

第二天，我像一条不体面的小狗似的，随着这位阔人去入学。学校是一家改良私塾，在离我的家有半里多地的一座道士庙里。庙不甚大，而充满了各种气味：一进山门先有一股大烟味，紧跟着便是糖精味（有一家熬制糖球糖块的作坊），再往里，是厕所味，与别的臭味。学校是在大殿里。大殿两旁的小屋住着道士，和道士的家眷。大殿里很黑、很冷。神像都用黄布挡着，供桌上摆着孔圣人的牌位。学生都面朝西坐着，一共有三十来人。西墙上有一块黑板——这是“改良”私塾。老师姓李，一位极死板而极有爱心的中年人。刘大叔和李老师

“嚷”了一顿，而后教我拜圣人及老师。老师给了我一本《地球韵言》和一本《三字经》。我于是就变成了学生。

自从做了学生以后，我时常地到刘大叔的家中去。他的宅子有两个大院子，院中几十间房屋都是出廊的。院后，还有一座相当大的花园。宅子的左右前后全是他的房屋，若是把那些房子齐齐地排起来，可以占半条大街。此外，他还有几处铺店。每逢我去，他必招呼我吃饭，或给我一些我没有看见过的点心。他绝不以我为一个苦孩子而冷淡我，他是阔大爷，但是他不以富傲人。

在我由私塾转入公立学校去的时候，刘大叔又来帮忙。这时候，他的财产已大半出了手。他是阔大爷，他只懂得花钱，而不知道计算。人们吃他，他甘心教他们吃；人们骗他，他付之一笑。他的财产有一部分是卖掉的，也有一部分是被人骗了去的。他不管；他的笑声照旧是洪亮的。

到我在中学毕业的时候，他已一贫如洗，什么财产也没有了，只剩了那个后花园。不过，在这个时候，假若他肯用用心思，去调整他的产业，他还能有办法教自己丰衣足食，因为他的好多财产是被人家骗了去的。可是，他不肯去请律师。贫与富在他心中是完全一样的。假若在这时候，他要是不再随便花钱，他至少可以保住那座花园，和城外的地产。可是，他好善。尽管他自己的儿女受着饥寒，尽管他自己受尽折磨，他还是去办贫儿学校，粥厂，等等慈善事业。他忘了自己。就是在这个时候，我和他过往得最密。他办贫儿学校，我去做义务教师。他施舍粮米，我去帮忙调查及散放。在我的心里，我很明白：放粮放钱不过只是延长贫民的受苦难的日期，而不足以阻拦住死亡。但是，看刘大叔那么热心，那么真诚，我就顾不得和他辩论，而只好也出点力了。即使我和他辩论，我也不会得胜，人情是往往能战败理智的。

在我出国以前，刘大叔的儿子死了。而后，他的花园也出了手。他入庙为僧，夫人和小姐入庵为尼。由他的性格来说，他似乎势必走入避世学禅的一途。但是由他的生活习惯上来说，大家总以为他不过能念念经，布施布施僧道而已，而绝对不会受戒出家。他居然出了家。在以前，他吃的是山珍海味，穿的是绫罗绸缎。他也嫖也赌。现在，他每日一餐，入秋还穿着件夏布道袍。这样苦修，他的脸上还是红红的，笑声还是洪亮的。对佛学，他有多么深的认识，我不敢说。我却真知道他是个好和尚，他知道一点便去做一点，能做一点便做一点。他的学问也许不高，但是他所知道的都能见诸实行。

出家以后，他不久就做了一座大寺的方丈。可是没有好久就被驱除出来。他是要做真和尚，所以他不惜变卖庙产去救济苦人。庙里不要这种方丈。一般地说，方丈的责任是要扩充庙产，而不是救苦救难的。离开大寺，他到一座没有任何产业的庙里做方丈。他自己既没有钱，他还须天天为僧众们找到斋吃。同时，他还举办粥厂等等慈善事业。他穷，他忙，他每日只进一顿简单的素餐，可是他的笑声还是那么洪亮。他的庙里不应佛事，赶到有人来请，他便领着僧众给人家去唪真经，不要报酬。他整天不在庙里，但是他并没忘了修持；他持戒越来越严，对经义也深有所获。他白天在各处筹钱办事，晚间在小室里做工夫。谁见到这位破和尚也不曾想到他曾是个在金子里长起来的阔大爷。

去年，有一天他正给一位圆寂了的和尚念经，他忽然闭上了眼，就坐化了。火葬后，人们在他的身上发现许多舍利。

没有他，我也许一辈子也不会入学读书。没有他，我也许永远想不起帮助别人有什么乐趣与意义。他是不是真的成了佛？我不知道。但是，我的确相信他的居心与言行是与佛相近似的。我在精神上物质上都受过他的好处，现在我的确愿意他真的成了佛，并且盼望他以佛心引领我向善，正像在三十五年前，他拉着我去入私塾那样！

他是宗月大师。

回忆鲁迅（节选）[1]

· 郁达夫

和鲁迅第一次的相见，不知是在哪一年哪一月哪一日——我对于时日地点，以及人的姓名之类的记忆力，异常的薄弱，人非要遇见至五六次以上，才能将一个人的名氏和一个人的面貌联合起来，记在心里——但地方却记得是在北平西城的砖塔儿胡同一间坐南朝北的小四合房子里。因为记得那一天天气很阴沉，所以一定是在我去北平，入北京大学教书的那一年冬天，时间仿佛是在下午的三四点钟。若说起那一年的大事情来，却又有史可稽了，就是曹锟贿选成功，做大总统的那一个冬天。

---

① 选自《郁达夫散文》，郁达夫著，北京：人民文学出版社，2016年8月。

去看鲁迅，也不知是为了什么事情。他住的那一间房子，我却记得很清楚，是在那两座砖塔的东北面，正当胡同正中的地方，一个三四丈宽的小院子，院子里长着三四株枣树。大门朝北，而住屋——三间上房——却朝正南，是杭州人所说的倒骑龙式的房子。

那时候，鲁迅还在教育部里当佥事，同时也在北京大学里教小说史略。我们谈的话，已经记不起来了，但只记得谈了些北大的教员中间的闲话，和学生的习气之类。

他的脸色很青，胡子是那时候已经有了；衣服穿得很单薄，而身材又矮小，所以看起来像是一个和他的年龄不大相称的样子。

他的绍兴口音，比一般绍兴人所发的来得柔和，笑声非常之清脆，而笑时眼角上的几条小皱纹，却很是可爱。

房间里的陈设，简单得很；散置在桌上，书橱上的书籍，也并不多，却十分的整洁。桌上没有洋墨水和钢笔，只有一方砚瓦，上面盖着一个红木的盖子。笔筒是没有的，水池却像一个小古董，大约是从头发胡同的小市上买来的无疑。

他送我出门的时候，天色已经晚了，北风吹得很大；门口临别的时候，他不晓说了一句什么笑话，我记得一个人在走回寓舍来的路上，因回忆着他的那一句，满面还带着了笑容。

同一个来访我的学生，谈起了鲁迅。他说："鲁迅虽在冬天，也不穿棉裤，是抑制性欲的意思。他和他的旧式的夫人是不要好的。"因此，我就想起了那天去访问他时，来开门的那一位清秀的中年妇人，她人亦矮小，缠足梳头，完全是一个典型的绍兴太太。

数年前，鲁迅在上海，我和映霞去北戴河避暑回到了北平的时候，映霞曾因好奇之故，硬逼我上鲁迅自己造的那一所西城象鼻胡同后面西三条的小房子里，去看过这中年的妇人。她现在还和鲁迅的老母住在那里，但不知她们在强暴的邻人管制下的生活也过得惯不？

那时候，我住在阜成门内巡捕厅胡同的老宅里。时常来往的，是住在东城禄米仓的张凤举、徐耀辰两位，以及沈尹默、沈兼士、沈士远的三昆仲；不时也常和周作人氏、钱玄同氏、胡适之氏、马幼渔氏等相遇，或在北大的休息室里，或在公共宴会的席上。这些同事们，都是鲁迅的崇拜者，而对于鲁迅的古怪脾气，都当作一件似乎是历史上的逸事在谈论。

在我与鲁迅相见不久之后，周氏兄弟反目的消息，从禄米仓的张、徐二位那里听到了。原因很复杂，而旁人终于也不明白是究竟为了什么。但终鲁迅的一生，他与周作人氏，竟没有和解的机会。

本来，鲁迅与周作人氏哥儿俩，是住在八道湾的那一所大房子里的。这一所大房子，系鲁迅在几年前，将他们绍兴的祖屋卖了，与周作人在八道湾买的；买了之后，加以修缮，他们弟兄和老太太就统在那里住了。俄国的那位盲诗人爱罗先珂寄住的，也就是这一所八道湾的房子。

后来鲁迅和周作人氏闹了，所以他就搬了出来，所住的，大约就是砖塔胡同的那一间小四合了。所以，我见到他的时候，正在他们的口角之后不久的期间。

据凤举他们判断，以为他们弟兄间的不睦，安全是两人的误解，周作人氏的那位日本夫人，甚至说鲁迅对她有失敬之处。但鲁迅有时候对我说："我对启明，总老规劝他的，教他用钱应该节省一点。我们不得不想想将来，但他对于经济，总是进一个花一个的，尤其是他那一位夫人。"从这些地方，会合起来，大约他们反目的真因，也可以猜度到一二成了。不过凡是认识鲁迅，认识启明及他的夫人的人，都晓得他们三个人，完全是好人；鲁迅虽则也痛骂过正人君子，但据我所知的他们三人来说，则只有他们才是真正的正人君子。现在颇有些人，说周作人已做了汉奸，但我却始终仍是怀疑。所以，全国文艺作者协会致周作人的那一封公开信，最后的决定，也是由我改削过的；我总以为周作人先生，与那些甘心卖国的人，是不能做一样的看法的。

这时候的教育部，薪水只发到二成三成，公事是大家不办的，所以，鲁迅很有工夫教书，编讲义，写文章。他的短文，大抵是由孙伏园氏拿去，在《晨报副刊》上发表；教书是除北大外，还兼任着师大。

有一次，在鲁迅那里闲坐，接到了一个来催开会的通知，我问他忙吗？他说，忙倒也不忙，但是同唱戏的一样，每天总得到处去扮一扮。上讲台的时候，就得扮教授，到教育部去也非得扮官不可。

他说虽则这样的说，但做到无论什么事情时，却总肯负完全的责任。

至于说到唱戏呢，在北平虽则住了那么久，可是他终于没有爱听京戏的癖性。他对于唱戏听戏的经验，始终只限于绍兴的社戏、高腔、乱弹、目连戏等，最多也只听到了徽班。阿Q所唱的那句“手执钢鞭将你打”，就是乱弹班《龙虎斗》里的句子，是赵玄坛唱的。

对于目连戏，他却有特别的嗜好，他有好几次同我说，这戏里的穿插，实在有许许多多的幽默味。他曾经举出不少的实例，说到一个借了鞋袜靴子去赴宴会的人，到了人来向他索还，只剩一件大衫在身上的时候，这一位老兄就装作肚皮痛，以两手按着腹部，口叫着我肚皮痛杀哉，将身体伏矮了些，于是长衫就盖到了脚部以遮掩过去的一段，他还照样地做出来给我们看过。说这一段话时，我记得《月夜》的著者，川岛兄也在座上，我们曾经大笑过的。

后来在上海，我有一次谈到了予倩、田汉诸君想改良京剧，来做宣传的话，他根本就不赞成，并且很幽默地说，以京剧来宣传救国，那就是“我们救国啊啊啊啊了，这行吗？”

孙伏园氏在晨报社，为了鲁迅的一篇挖苦人的恋爱的诗，与刘勉己氏闹翻了脸。鲁迅的学生李小峰就与伏园联合起来，出了《语丝》。投稿者除上述的诸位之外，还有林语堂氏、在国外的刘半农氏，以及徐旭生氏等。但是周氏兄弟，却是《语丝》的中心。而每次语丝社中人叙会吃饭的时候，鲁迅总不出席，因为不愿与周作人氏遇到的缘故。因此，在这一两年中，鲁迅在社交界，始终没有露一露脸。无论什么人请客，他总不肯出席；他自己哩，除了和一二人去小吃之外，也绝对地不大规模（或正式）地请客。这脾气，直到他去厦门大学以后，才稍稍改变了些。

鲁迅的对于后进的提拔，可以说是无微不至。《语丝》发刊以后，有些新人的稿子，差不多都是鲁迅推荐的。他对于高长虹他们的一集团，对于沉钟社的几位，对于未名社的诸子，都一例地在为说项。就是对于沈从文氏，虽则已有人在孙伏园去后的《晨报副刊》上在替吹嘘了，他也时时提到，唯恐诸编辑埋没了他。还有当时在北大念书的王品青氏，也是他所属望的青年之一。

辑四

亲爱的孩子，我想对你说

儿女是属于他们自己的。他们的现在，和他们的未来，都应由他们自己来设计。一个想用自己理想的模式塑造自己的孩子的父亲是愚蠢的，而且，可恶！另外，作为一个父亲，应该尽量保持一点童心。

多年父子成兄弟[1]

· 汪曾祺

这是我父亲的一句名言。

父亲是个绝顶聪明的人。他是画家，会刻图章，画写意花卉。图章初宗浙派，中年后治汉印。他会摆弄各种乐器，弹琵琶，拉胡琴，笙箫管笛，无一不通。他认为乐器中最难的其实是胡琴，看起来简单，只有两根弦，但是变化很多，两手都要有功夫。他拉的是老派胡琴，弓子硬，松香滴得很厚——现在拉胡琴的松香都只滴了薄薄的一层。他的胡琴音色刚亮。胡琴码子都是他自己刻的，他认为买来的不中使。他养蟋蟀，养金铃子。他养过花。他养的一盆素心兰在我母亲病故那年死了，

---

① 选自《汪曾祺散文》，汪曾祺著，北京：人民文学出版社，2014年4月。

从此他就不再养花。我母亲死后，他亲手给她做了几箱子冥衣——我们那里有烧冥衣的风俗。按照母亲生前的喜好，选购了各种花素色纸做衣料，单夹皮棉，四时不缺。他做的皮衣能分得出小麦穗羊羔、灰鼠、狐肷。

父亲是个很随和的人，我很少见他发过脾气，对待子女，从无疾言厉色。他爱孩子，喜欢孩子，爱跟孩子玩，带着孩子玩。我的姑妈称他为“孩子头”。春天，不到清明，他领一群孩子到麦田里放风筝。放的是他自己糊的蜈蚣（我们那里叫“百脚”），是用染了色的绢糊的。放风筝的线是胡琴的老弦。老弦结实而轻，这样风筝可笔直地飞上去，没有“肚儿”。用胡琴弦放风筝，我还未见过第二人。清明节前，小麦还没有“起身”，是不怕践踏的，而且越踏会越长得旺。孩子们在屋里闷了一冬天，在春天的田野里奔跑跳跃，身心都极其畅快。他用钻石刀把玻璃裁成不同形状的小块，再一块一块逗拢，接缝处用胶水粘牢，做成小桥、小亭子、八角玲珑水晶球。桥、亭、球是中空的，里面养了金铃子。从外面可以看到金铃子在里面自在爬行，振翅鸣叫。他会做各种灯。用浅绿透明的“鱼鳞纸”扎了一只纺织娘，栩栩如生。用西洋红染了色，上深下浅，通草做花瓣，做了一个重瓣荷花灯，真是美极了。用小西瓜（这是拉秧的小瓜，因其小，不中吃，叫作“打瓜”或“笃瓜”）上开小口，挖净瓜瓤，在瓜皮上雕镂出极细的花纹，做成西瓜灯。我们在这些灯里点了蜡烛，穿街过巷，邻居的孩子都跟过来看，非常羡慕。

父亲对我的学业是关心的，但不强求。我小时候，国文成绩一直是全班第一。我的作文，时得佳评，他就拿出去到处给人看。我的数学不好，他也不责怪，只要能及格，就行了。他画画，我小时也喜欢画画，但他从不指点我。他画画时，我在旁边看。其余时间由我自己乱翻画谱，瞎抹。我对写意花卉那时还不大会欣赏，只是画一些鲜艳的大桃子，或者我从来没有见过的瀑布。我小时字写得不错，他倒是给我出过一点主意。在我写过一阵《圭峰碑》和《多宝塔》以后，他建议我写写《张猛龙》。这建议是很好的，到现在，我写的字还有《张猛龙》的影响。我初中时爱唱戏，唱青衣，我的嗓子很好，高亮甜润。在家里，他拉胡琴，我唱。我的同学里有几个能唱戏的。学校开同乐会，他应我的邀请，到学校去伴奏。几个同学都只是清唱。有一个姓费的同学借到一顶纱帽，一件蓝官衣，扮起来唱《朱砂井》，但是没有配角，没有衙役，没有犯人，只是一个赵廉，摇着马鞭在台上走了两圈，唱了一段“郿坞县在马上心神不定”，便完事下场。父亲那么大的人陪着几个孩子玩了一下午，还挺高兴。我十七岁初恋，暑假里，在家写情书，他在一旁瞎出主意！我十几岁就学会了抽烟喝酒。他喝酒，给我也倒一杯。抽烟，一次抽出两根，他一根我一根。他还总是先给我点上火。我们的这种关系，他人或以为怪。父亲说："我们是多年父子成兄弟。"

我和儿子的关系也是不错的。我戴了"右派分子"的帽子下放张家口农村劳动，他那时幼儿园刚毕业，刚刚学会汉语拼音，用汉语拼音给我写了第一封信。我也只好赶紧学会汉语拼音，好给他写回信。"文化大革命"期间，我被打成"黑帮"，关进"牛棚"。偶尔回家，孩子们对我还是很亲热。我的老伴告诫他们"你们要和爸爸'划清界限'"，儿子反问母亲："那你怎么还给他打酒？"只有一件事，两代之间，曾有分歧。他下放山西忻县"插队落户"。按规定，春节可以回京探亲。我们等着他回来，不料他同时带回了一个同学。他这个同学的父亲是一位正受林彪迫害，搞得人囚家破的空军将领。这个同学在北京已经没有家，按照大队的规定是不能回北京的，但是这孩子很想回北京，在一伙同学的秘密帮助下，我的儿子就偷偷地把他带回来了。他连"临时户口"也不能上，是个"黑人"，我们留他在家住，等于"窝藏"了他。公安局随时可以来查户口，街道办事处的大妈也可能举报。当时人人自危，自顾不暇，儿子惹了这么一个麻烦，使我们非常为难。我和老伴把他叫到我们的卧室，对他的冒失行为表示很不满，我责备他："怎么事前也不和我们商量一下！"我的儿子哭了，哭得很委屈，很伤心。我们当时立刻明白了：他是对的，我们是错的。我们这种怕担干系的思想是庸俗的。我们对儿子和同学之间的义气缺乏理解，对他的感情不够尊重。他的同学在我们家一直住了四十多天，才离去。

对儿子的几次恋爱，我采取的态度是“闻而不问”。了解，但不干涉。我们相信他自己的选择，他的决定。最后，他悄悄和一个小学时期女同学好上了，结了婚。有了一个女儿，已近七岁。

我的孩子有时叫我“爸”，有时叫我“老头子”！连我的孙女也跟着叫。我的亲家母说这孩子“没大没小”。我觉得一个现代的，充满人情味的家庭，首先必须做到“没大没小”。父母叫人敬畏，儿女“笔管条直”，最没有意思。

儿女是属于他们自己的。他们的现在，和他们的未来，都应由他们自己来设计。一个想用自己理想的模式塑造自己的孩子的父亲是愚蠢的，而且，可恶！另外，作为一个父亲，应该尽量保持一点童心。

给我的孩子们[①]

· 丰子恺

我的孩子们，我憧憬于你们的生活，每天不止一次！我想委曲地说出来，使你们自己晓得。可惜到你们懂得我的话的意思的时候，你们将不复是可以使我憧憬的人了。这是何等可悲哀的事啊！

瞻瞻！你尤其可佩服。你是身心全部公开的真人。你什么事体都像拼命地用全副精力去对付。小小的失意，像花生米翻落地了，自己嚼了舌头了，小猫不肯吃糕了，你都要哭得嘴唇翻白，昏去一两分钟。外婆普陀去烧香买回来给你的泥人，你何等鞠躬尽瘁地抱他，喂他；有一天你自己失手把他打破了，

① 选自《丰子恺散文精选》，丰子恺著，杭州：浙江文艺出版社，2021年1月。

你的号哭的悲哀，比大人们的破产、失恋、broken heart[①]、丧考妣、全军覆没的悲哀都要真切。两把芭蕉扇做的脚踏车，麻雀牌堆成的火车、汽车，你何等认真地看待，挺直了嗓子叫“汪——”“咕咕咕……”，来代替汽笛。宝姐姐讲故事给你听，说到“月亮姐姐挂下一只篮来，宝姐姐坐在篮里吊了上去，瞻瞻在下面看”的时候，你何等激昂地同她争，说：“瞻瞻要上去，宝姐姐在下面看！”甚至哭到漫姑[②]面前去求审判。我每次剃了头，你真心地疑我变了和尚，好几时不要我抱。最是今年夏天，你坐在我膝上发现了我腋下的长毛，当作黄鼠狼的时候，你何等伤心，你立刻从我身上爬下去，起初眼瞪瞪地对我端相，继而大失所望地号哭，看看，哭哭，如同对被判定了死罪的亲友一样。你要我抱你到车站里去，多多益善地要买香蕉，满满地擒了两手回来，回到门口时你已经熟睡在我的肩上，手里的香蕉不知落在哪里去了。这是何等可佩服的真率，自然，与热情！大人间的所谓“沉默”“含蓄”“深刻”的美德，比起你来，全是不自然的、病的、伪的！

你们每天做火车，做汽车，办酒，请菩萨，堆六面画，唱歌，全是自动的，创造创作的生活。大人们的呼号“归自

---

① 意为心碎。

② 即作者的三姐丰满。

然！”“生活的艺术化！”“劳动的艺术化！”在你们面前真是出丑得很了！依样画几笔画，写几篇文的人称为艺术家，创作家，对你们更要愧死！

你们的创作力，比大人真是强盛得多哩：瞻瞻！你的身体不及椅子的一半，却常常要搬动它，与它一同翻倒在地上；你又要把一杯茶横转来藏在抽斗里，要皮球停在壁上，要拉住火车的尾巴，要月亮出来，要天停止下雨。在这等小小的事件中，明明表示着你们的小弱的体力与智力不足以应付强盛的创作欲、表现欲的驱使，因而遭逢失败。然而你们是不受大自然的支配，不受人类社会的束缚的创造者，所以你的遭逢失败，例如火车尾巴拉不住，月亮呼不出来的时候，你们决不承认是事实的不可能，总以为是爹爹妈妈不肯帮你们办到，同不许你们弄自鸣钟同例，所以愤愤地哭了，你们的世界何等广大！

你们一定想：终天无聊地伏在案上弄笔的爸爸，终天闷闷地坐在窗下弄引线的妈妈，是何等无气性的奇怪的动物！你们所视为奇怪动物的我与你们的母亲，有时确实难为了你们，摧残了你们，回想起来，真是不安心得很！

阿宝！有一晚你拿软软的新鞋子，和自己脚上脱下来的鞋子，给凳子的脚穿了，划袜立在地上，得意地叫“阿宝两只脚，凳子四只脚”的时候，你母亲喊着“龌龊了袜子！”立刻擒你到藤榻上，动手毁坏你的创作。当你蹲在榻上注视你母亲动手毁坏的时候，你的小心里一定感到“母亲这种人，何等煞风景而野蛮”吧！

瞻瞻！有一天开明书店送了几册新出版的毛边的《音乐入门》来。我用小刀把书页一张一张地裁开来，你侧着头，站在桌边默默地看。后来我从学校回来，你已经在我的书架上拿了一本连史纸印的中国装的《楚辞》，把它裁破了十几页，得意地对我说：“爸爸！瞻瞻也会裁了！”瞻瞻！这在你原是何等成功的欢喜，何等得意的作品！却被我一个惊骇的“哼！”字喊得你哭了。那时候你也一定抱怨“爸爸何等不明”吧！

软软！你常常要弄我的长锋羊毫，我看见了总是无情地夺脱你。现在你一定轻视我，想道：“你终于要我画你的画集的封面！”①

最不安心的，是有时我还要拉一个你们所最怕的陆露沙医生来，教他用他的大手来摸你们的肚子，甚至用刀来在你们臂上割几下，还要教妈妈和漫姑擒住了你们的手脚，捏住了你们的鼻子，把很苦的水灌到你们的嘴里去。这在你们一定认为太无人道的野蛮举动吧！

孩子们！你们真果抱怨我，我倒欢喜；到你们的抱怨变为

---

① 本文是《子恺画集》（1927年开明书店出版）的代序。《子恺画集》的封面画即软软所作。

感谢的时候，我的悲哀来了！

我在世间，永没有逢到像你们样出肺肝相示的人。世间的人群结合，永没有像你们样地彻底地真实而纯洁。最是我到上海去干了无聊的所谓“事”回来，或者去同不相干的人们做了叫作“上课”的一种把戏回来，你们在门口或车站旁等我的时候，我心中何等惭愧又欢喜！惭愧我为什么去做这等无聊的事，欢喜我又得暂时放怀一切地加入你们的真生活的团体。

但是，你们的黄金时代有限，现实终于要暴露的。这是我经验过来的情形，也是大人们谁也经验过的情形。我眼看见儿时的伴侣中的英雄，好汉，一个个退缩，顺从，妥协，屈服起来，到像绵羊的地步。我自己也是如此。“后之视今，亦犹今之视昔”，你们不久也要走这条路呢！

我的孩子们！憧憬于你们的生活的我，痴心要为你们永远挽留这黄金时代在这册子里。然这真不过像“蜘蛛网落花”略微保留一点春的痕迹而已。且到你们懂得我这片心情的时候，你们早已不是这样的人，我的画在世间已无可印证了！这是何等可悲哀的事啊！

儿女[①]

· 朱自清

我现在已是五个儿女的父亲了。想起圣陶喜欢用的“蜗牛背了壳”的比喻，便觉得不自在。新近一位亲戚嘲笑我说：“要剥层皮呢！”更有些悚然了。十年前刚结婚的时候，在胡适之先生的《藏晖室札记》里，见过一条，说世界上有许多伟大的人物是不结婚的；文中并引培根的话：“有妻子者，其命定矣。”当时确吃了一惊，仿佛梦醒一般；但是家里已是不由分说给娶了媳妇，又有什么可说？现在是一个媳妇，跟着来了五个孩子；两个肩头上，加上这么重一副担子，真不知怎样走才好。“命定”是不用说了；从孩子们那一面说，他们该怎样

① 选自《朱自清散文》，朱自清著，北京：人民文学出版社，2014年1月。

长大，也正是可以忧虑的事。我是个彻头彻尾自私的人，做丈夫已是勉强，做父亲更是不成。自然，“子孙崇拜”“儿童本位”的哲理或伦理，我也有些知道；既做着父亲，闭了眼抹杀孩子们的权利，知道是不行的。可惜这只是理论，实际上我是仍旧按照古老的传统，在野蛮地对付着，和普通的父亲一样。近来差不多是中年的人了，才渐渐觉得自己的残酷；想着孩子们受过的体罚和叱责，始终不能辩解——像抚摸着旧创痕一样，我的心酸溜溜的。有一回，读了有岛武郎《与幼小者》的译文，对了那种伟大的、沉挚的态度，我竟流下泪来了。去年父亲来信，问起阿九，那时阿九还在白马湖呢；信上说：“我没有耽误你，你也不要耽误他才好。”我为这句话哭了一场；我为什么不像父亲的仁慈？我不该忘记，父亲怎样待我们来着！人性许真是二元的，我是这样的矛盾；我的心像钟摆似的来去。

你读过鲁迅先生的《幸福的家庭》吗？我的便是那一类的“幸福的家庭”！每天午饭和晚饭，就如两次潮水一般。先是孩子们你来他去地在厨房与饭间里查看，一面催我或妻发“开饭”的命令。急促繁碎的脚步，夹着笑和嚷，一阵阵袭来，直到命令发出为止。他们一递一个地跑着喊着，将命令传给厨房里用人；便立刻抢着回来搬凳子。于是这个说：“我坐这儿！”那个说：“大哥不让我！”大哥却说：“小妹打我！”

我给他们调解，说好话。但是他们有时候很固执，我有时候也不耐烦，这便用着叱责了；叱责了还不一行，不由自主地，我的沉重的手掌便到他们身上了。于是哭的哭，坐的坐，局面才算定了。接着可又你要大碗，他要小碗，你说红筷子好，他说黑筷子好；这个要干饭，那个要稀饭，要茶要汤，要鱼要肉，要豆腐，要萝卜；你说他菜多，他说你菜好。妻是照例安慰着他们，但这显然是太迂缓了。我是个暴躁的人，怎么等得及？不用说，用老法子将他们立刻征服了；虽然有哭的，不久也就抹着泪捧起碗了。吃完了，纷纷爬下凳子，桌子上是饭粒呀、汤汁呀、骨头呀、渣滓呀，加上从横的筷子、欹斜的匙子，就如一块花花绿绿的地图模型。吃饭而外，他们的大事便是游戏。游戏时，大的有大主意，小的有小主意，各自坚持不下，于是争执起来；或者大的欺负了小的，或者小的竟欺负了大的，被欺负的哭着嚷着，到我或妻的面前诉苦；我大抵仍旧要用老法子来判断的，但不理的时候也有。最为难的，是争夺玩具的时候：这一个的与那一个的是同样的东西，却偏要那一个的；而那一个便偏不答应。在这种情形之下，不论如何，终于是非哭了不可的。这些事件自然不至于天天全有，但大致总有好些起。我若坐在家里看书或写什么东西，管保一点钟里要分几回心，或站起来一两次的。若是雨天或礼拜日，孩子们在家的多，那么，摊开书竟看不下一行，提起笔也写不出一个字的事，也有过的。我常和妻说：“我们家真是成日的千军万马呀！”有时是不但“成日”，连夜里也有兵马在进行着，在有吃乳或生病的孩子的时候！

我结婚那一年，才十九岁。二十一岁，有了阿九；二十三岁，又有了阿菜。那时我正像一匹野马，哪能容忍这些累赘的鞍鞯、辔头和缰绳？摆脱也知是不行的，但不自觉地时时在摆脱着。现在回想起来，那些日子，真苦了这两个孩子；真是难以宽宥的种种暴行呢！阿九才两岁半的样子，我们住在杭州的学校里。不知怎的，这孩子特别爱哭，又特别怕生人。一不见了母亲，或来了客，就哇哇地哭起来了。学校里住着许多人，我不能让他扰着他们，而客人也总是常有的；我懊恼极了，有一回，特地骗出了妻，关了门，将他按在地下打了一顿。这件事，妻到现在说起来，还觉得有些残忍；她说我的手太辣了，到底还是两岁半的孩子！我近年常想着那时的光景，也觉黯然。阿菜在台州，那是更小了；才过了周岁，还不大会走路。也是为了缠着母亲的缘故吧，我将她紧紧地按在墙角里，直哭喊了三四分钟；因此生了好几天病。妻说，那时真寒心呢！但我的苦痛也是真的。我曾给圣陶写信，说孩子们的折磨，实在无法奈何；有时竟觉着还是自杀的好。这虽是气愤的话，但这样的心情，确也有过的。后来孩子是多起来了，磨折也磨折得久了，少年的锋棱渐渐地钝起来了；加以增长的年岁增长了理性的裁制力，我能够忍耐了——觉得从前真是一个“不成材的父亲”，如我给另一个朋友信里所说。但我的孩子们在幼小时，确比别人的特别不安静，我至今还觉如此。我想这大约还是由于我们抚育不得法；从前只一味地责备孩子，让他们代我们负起责任，却未免是可耻的残酷了！

正面意义的“幸福”，其实也未尝没有。正如谁所说，小的总是可爱，孩子们的小模样，小心眼儿，确有些教人舍不得的。阿毛现在五个月了，你用手指去拨弄她的下巴，或向她做趣脸，她便会张开没牙的嘴咯咯地笑，笑得像一朵正开的花。她不愿在屋里待着；待久了，便大声儿嚷。妻常说：“姑娘又要出去溜达了。”她说她像鸟儿般，每天总得到外面溜一些时候。闰儿上个月刚过了三岁，笨得很，话还没有学好呢。他只能说三四个字的短语或句子，文法错误，发音模糊，又得费气力说出；我们老是要笑他的。他说“好”字，总变成“小”字；问他“好不好”，他便说“小”，或“不小”。我们常常逗着他说这个字玩儿；他似乎有些觉得，近来偶然也能说出正确的“好”字了——特别在我们故意说成“小”字的时候。他有一只搪瓷碗，是一毛钱买的；买来时，老妈子教给他：“这是一毛钱。”他便记住“一毛”两个字，管那只碗叫“一毛”，有时竟省称为“毛”。这在新来的老妈子，是必须翻译了才懂的。他不好意思，或见着生客时，便咧着嘴痴笑；我们常用了土话，叫他作“呆瓜”。他是个小胖子，短短的腿，走起路来，蹒跚可笑；若快走或跑，便更“好看”了。他有时学我，将两手叠在背后，一摇一摆的；那是他自己和我们都要乐的。他的大姊便是阿菜，已是七岁多了，在小学校里念着书。在饭桌上，一定得啰啰唆唆地报告些同学或他们父母的事情；气喘喘地说着，不管你爱听不爱听。说完了总问我：“爸爸认识吗？”“爸爸知道吗？”妻常禁止她吃饭时说话，所以她总是问我。她的问题真多：看电影便问电影里的是不是人？是不是真人？怎么不说话？看照相也是一样。不知谁告诉她，兵是要打人的。她回来便问，兵是人吗？为什么打人？近来大约听了先生的话，回来又问张作霖的兵是帮谁的？蒋介石的兵是不是帮我们的？诸如此类的问题，每天短不了，常常闹得我不知怎样答才行。她和闰儿在一处玩儿，一大一小，不很合适，老是吵着哭着。但合适的时候也有：譬如这个往床底下躲，那个便钻进去追着；这个钻出来，那个也跟着——从这个床到那个床，只听见笑着、嚷着、喘着，真如妻所说，像小狗似的。现在在京的，便只有这三个孩子；阿九和转儿是去年北来时，让母亲暂时带回扬州去了。

阿九是欢喜书的孩子。他爱看《水浒》《西游记》《三侠五义》《小朋友》等；没有事便捧着书坐着或躺着看。只不欢喜《红楼梦》，说是没有味儿。是的，《红楼梦》的味儿，一个十岁的孩子，哪里能领略呢？去年我们事实上只能带两个孩子来；因为他大些，而转儿是一直跟着祖母的，便在上海将他俩丢下。我清清楚楚记得那分别的一个早上。我领着阿九从二洋泾桥的旅馆出来，送他到母亲和转儿住着的亲戚家去。妻嘱咐说："买点吃的给他们吧。"我们走过四马路，到一家茶食铺里。阿九说要熏鱼，我给买了；又买了饼干，是给转儿的。便乘电车到海宁路。下车时，看着他的害怕与累赘，很觉恻然。到亲戚家，因为就要回旅馆收拾上船，只说了一两句话便出来；转儿望望我，没说什么，阿九是和祖母说什么去了。我回头看了他们一眼，硬着头皮走了。后来妻告诉我，阿九背地里向她说："我知道爸爸欢喜小妹，不带我上北京去。"其实这是冤枉的。他又曾和我们说："暑假时一定来接我啊！"我们当时答应着；但现在已是第二个暑假了，他们还在迢迢的扬州待着。他们是恨着我们呢？还是惦着我们呢？妻是一年来老放不下这两个，常常独自暗中流泪；但我有什么法子呢！想到"只为家贫成聚散"一句无名的诗，不禁有些凄然。转儿与我较生疏些。但去年离开白马湖时，她也曾用了生硬的扬州话（那时她还没有到过扬州呢），和那特别尖的小嗓子向着我："我要到北京去。"她晓得什么北京，只跟着大孩子们说罢了；但当时听着，现在想着的我，却真是抱歉呢。这兄妹俩离开我，原是常事，离开母亲，虽也有过一回，这回可是太长了；小小的心儿，知道是怎样忍耐那寂寞来着！

我的朋友大概都是爱孩子的。少谷有一回写信责备我，说儿女的吵闹，也是很有趣的，何至可厌到如我所说；他说他真不解。子恺为他家华瞻写的文章，真是“蔼然仁者之言”。圣陶也常常为孩子操心：小学毕业了，到什么中学好呢？——这样的话，他和我说过两三回了。我对他们只有惭愧！可是近来也渐渐觉着自己的责任。我想，第一该将孩子们团聚起来，其次便该给他们些力量。我亲眼见过一个爱儿女的人，因为不曾好好地教育他们，便将他们荒废了。他并不是溺爱，只是没有耐心去料理他们，他们便不能成材了。我想我若照现在这样下去，孩子们也便危险了。我得计划着，让他们渐渐知道怎样去做人才行。但是要不要他们像我自己呢？这一层，我在白马湖教初中学生时，也曾从师生的立场上问过丏尊，他毫不踌躇地说：“自然啰。”近来与平伯谈起教子，他却答得妙：“总不希望比自己坏啰。”是的，只要不“比自己坏”就行，“像”不“像”倒是不在乎的。职业、人生观等，还是由他们自己去定的好；自己顶可贵，只要指导，帮助他们去发展自己，便是极贤明的办法。

予同说：“我们得让子女在大学毕了业，才算尽了责任。”SK说：“不然，要看我们的经济，他们的材质与志愿；若是中学毕了业，不能或不愿升学，便去做别的事，譬如做工人吧，那也并非不行的。”自然，人的好坏与成败，也不尽靠学校教育；说是非大学毕业不可，也许只是我们的偏见。在这件事上，我现在毫不能有一定的主意；特别是这个变动不居的时代，知道将来怎样？好在孩子们还小，将来的事且等将来吧。目前所能做的，只是培养他们基本的力量——胸襟与眼光；孩子们还是孩子们，自然说不上高的远的，慢慢从近处小处下手便了。这自然也只能先按照我自己的样子："神而明之，存乎其人。”光辉也罢，倒霉也罢，平凡也罢，让他们各尽各的力去。我只希望如我所想的，从此好好地做一回父亲，便自称心满意。——想到那“狂人”“救救孩子”的呼声，我怎敢不悚然自勉呢？

我的彼得[①]

· 徐志摩

新近有一天晚上，我在一个地方听音乐，一个不相识的小孩，约莫八九岁光景，过来坐在我的身边，他说的话我不懂，我也不易使他懂我的话，那可并不妨事，因为在几分钟内我们已经是很好的朋友，他拉着我的手，我拉着他的手，一同听台上的音乐。他年纪虽则小，他音乐的兴趣已经很深：他比着手势告我他也有一张提琴，他会拉，并且说那几个是他已经学会的调子。他那资质的敏慧、性情的柔和、体态的秀美，不能使人不爱；而况我本来是欢喜小孩们的。

但那晚虽则结识了一个可爱的小友，我心里却并不快爽；

① 选自《徐志摩散文》，徐志摩著，北京：人民文学出版社，2013年11月。

因为不仅见着他使我想起你，我的小彼得，并且在他活泼的神情里我想见了你，彼得，假如你长大的话，与他同年龄的影子。你在时，与他一样，也是爱音乐的；虽则你回去的时候刚满三岁，你爱好音乐的故事，从你襁褓时起，我屡次听你妈与你的“大大[①]”讲，不但是十分地有趣可爱，竟可说是你有天赋的凭证，在你最初开口学话的日子，你妈已经写信给我，说你听着了音乐便异常地快活，说你在坐车里常常伸出你的小手在车栏上跟着音乐按拍[②]；你稍大些懂得淘气的时候，你妈说，只要把话匣开上，你便在旁边乖乖地坐着静听，再也不出声不闹——并且你有的是可惊的口味，是贝多芬是瓦格纳你就爱，要是中国的戏片，你便盖没了你的小耳，决意不让无意味的锣鼓，打搅你的清听！你的大大（她多疼你）！讲给我听你得小提琴的故事：怎样那晚上买琴来的时候，你已经在你的小床上睡好，怎样她们为怕你起来闹，赶快灭了灯亮把琴放在你的床边，怎样你这小机灵早已看见，却偏不作声，等你妈与大大都上了床，你才偷偷地爬起来摸着了你的宝贝，再也忍不住的你技痒，站在漆黑的床边，就开始施展你“截桑柴”的本领，后来怎样她们干涉了你，你便乖乖地把琴抱进你的床去，

① 一般指父亲，这里指张幼仪的好友朵拉。

② 意为击节、打拍子。

一起安眠。她们又讲你怎样欢喜拿着一根短棍站在桌上模仿音乐会的导师，你那认真的神情常常叫在座人大笑。此外还有不少趣话，大大记得最清楚，她都讲给我听过；但这几件故事已够见证你小小的灵性里早长着音乐的慧根。实际我与你妈早经同意想叫你长大时留在德国学习音乐；——谁知道在你的早殇里我们不失去了一个可能的莫扎特（Mozart）：在中国音乐最饥荒的日子，难得见这一点希冀的青芽，又教运命无情的脚跟踏倒，想起怎不可伤？

彼得，可爱的小彼得，我“算是”你的父亲，但想起我做父亲的往迹，我心头便涌起了不少的感想；我的话你是永远听不着了，但我想借这悼念你的机会，稍稍疏泄我的积愫，在这不自然的世界上，与我境遇相似或更不如的当不在少数，因此我想说的话或许还有人听，竟许有人同情。就是你妈，彼得，她也何尝有一天接近过快乐与幸福，但她在她同样不幸的境遇中证明她的智断、她的忍耐，尤其是她的勇敢与胆量；所以至少她，我敢相信，可以懂得我话里意味的深浅，也只有她，我敢说，最有资格指证或相诠释，我的情感的真际。

但我的情愫！是怨，是恨，是忏悔，是怅惘？对着这不完全、不如意的人生，谁没有怨，谁没有恨，谁没有怅惘？除了天生颟顸[①]的，谁不曾在他生命的经途中——歌德说的——和着悲哀吞他的饭，谁不曾拥着半夜的孤衾饮泣？我们应得感谢上苍的是他不可度量的心裁，不但在生物的境界中他创造了不可计数的种类，就这悲哀的人生也是因人差异，各个不同——同是一个碎心，却没有同样的碎痕，同是一滴眼泪，却难寻同样的泪晶。

彼得我爱，我说过我是你的父亲，但我最后见你的时候你才不满四月，这次我再来欧洲你已经早一个星期回去，我见着的只你的遗像，那太可爱，与你一撮的遗灰，那太可惨。你生前日常把弄的玩具——小车、小马、小鹅、小琴、小书——你妈曾经件件地指给我看，你在时穿着的衣褂鞋帽你妈与你大大也曾含着眼泪从箱里理出来给我抚摩，同时她们讲你生前的故事，直到你的影像活现在我的眼前，你的脚踪仿佛在楼板上踹响。你是不认识你父亲的，彼得，虽则我听说他的名字常在你的口边，他的肖像也常受你小口的亲吻，多谢你妈与你大大的慈爱与真挚，她们不仅永远把你放在她们心坎的底里，她们也使我，没福见着你的父亲，知道你，认识你，爱你，也把你的影像，活泼，美慧，可爱，永远镂上了我的心版。那天在柏林的会馆里，我手捧着那收存你遗灰的锡瓶，你妈与你七舅站在

① 糊涂又马虎。

旁边止不住滴泪，你的大大哽咽着，把一个小花圈挂上你的门前——那时间我，你的父亲，觉着心里有一个尖锐的刺痛，这才初次明白曾经有一点血肉从我自己的生命里分出，这才觉着父性的爱像泉眼似的在性灵里汩汩地流出；只可惜是迟了，这慈爱的甘液不能救活已经萎折了的鲜花，只能在他纪念日的周遭永远无声地流转。

彼得，我说我要借这机会稍稍爬梳我年来的郁积，但那也不见得容易；要说的话仿佛就在口边。但你要它们的时候，它们又不在口边：像是长在大块岩石底下的嫩草，你得有力量翻起那岩石才能把它不伤损地连根起出——谁知道那根长得多深！是恨，是怨，是忏悔，是怅惘？许是恨，许是怨，许是忏悔，许是怅惘。荆棘刺入了行路人的胫踝，他才知道这路的难走；但为什么有荆棘？是它们自己长着，还是有人存心种着的？也许是你自己种下的？至少你不能完全抱怨荆棘。一则因为这道是你自愿才来走的，再则因为那刺伤是你自己的脚踏上了荆棘的结果，不是荆棘自动来刺你——但又谁知道？因此我有时想，彼得，像你倒真是聪明：你来时是一团活泼，光亮的天真，你去时也还是一个光亮、活泼的灵魂；你来人间真像是短期地做客，你知道的是慈母的爱、阳光的和暖与花草的美丽，你离开了妈的怀抱，你回到了天父的怀抱，我想他听你欣欣地回报这番做客——只尝甜浆，不吞苦水——的经验，他上年经的脸上一定满布着笑容——你的小脚踝上不曾碰着过无情的荆棘，你穿来的白衣不会沾着一斑的泥污。

但我们，比你住久的，彼得，却不是来做客；我们是遭放逐，无形的解差永远在后背催逼着我们赶道：为什么受罪，前途是哪里，我们始终不曾明白，我们明白的只是底下流血的胫踝，只是这无恩的长路，这时候想回头已经太迟，想中止也不可能，我们真的羡慕，彼得，像你那谪期的简净。

在这道上遭受的，彼得，还不止是难，不止是苦，最难堪的是逐步相追的嘲讽，身影似的不可解脱。我既是你的父亲，彼得，比方说，为什么我不能在你的生前，日子虽短，给你应得的慈爱，为什么要到这时候，你已经去了不再回来，我才觉着骨肉的关联？并且假如我这番不到欧洲，假如我在万里外接到你的死耗，我怕我只能看作水面上的云影，来时自来，去时自去；正如你生前我不知欣喜，你在时我不知爱惜，你去时也不能过分动我的情感，我自分不是无情，不是寡恩，为什么我对自身的血肉，反是这般不近情的冷漠？彼得，我问为什么，这问的后身便是无限的隐痛；我不能怨，我不能恨，更无从悔。我只是怅惘，我只能问！明知是自苦的揶揄，但我只能忍受。而况揶揄还不止此，我自身的父母，何尝不赤心地爱我；但他们的爱却正是造成我痛苦的原因；我自己何尝不笃爱我的双亲，但我不仅不能尽我的责任，不仅不曾给他们想望的快乐，我，他们的独子，也不免加添他们的烦愁，造作[①]他们的痛苦，这又是为什么？在这里，我也是一般的不能恨，不能怨，更无从悔，我只是怅惘——我只能问。昨天我是个孩子，今天已是壮年；昨天腮边还带着圆润的笑窝，今天头上已见星星的白发；光阴带走的往迹，再也不容追赎，留下在我们心头的只是些揶揄的鬼影；我们在这道上偶尔停步回想的时候，只能投一个虚圈的“假使当初”，解嘲以往的一切。但以往的教训，即使有，也不能给我们利益，因为前途还是不减启程时的渺茫，我们还是不能选择自南的途径——到那天我们无形的解差喝住的时候，我们唯一的权利，我猜想，也只是再丢一个虚圈更大的“假使”，圆满这全程的寂寞，那就是止境了。

① 意为制造。

有了小孩以后[①]

· 老舍

艺术家应以艺术为妻，实际上就是当一辈子光棍儿。在下闲暇无事，往往写些小说，虽一回还没自居过文艺家，却也感觉到家庭的累赘。每逢困于油盐酱醋的灾难中，就想到独人一身，自己吃饱便天下太平，岂不妙哉。

家庭之累，大半由儿女造成。先不用提教养的花费，只就淘气哭闹而言，已足使人心慌意乱。小女三岁，专会等我不在屋中，在我的稿子上画圈拉杠，且美其名曰“小济会写字”！把人要气没了脉，她到底还是有理！再不然，我刚想起一句好的，在脑中盘旋，自信足以愧死莎士比亚，假若能写出来的话。当是时也，小济拉拉我的肘，低声说：“上公

---

① 选自《老舍散文》，老舍著，北京：人民文学出版社，2014年1月。

园看猴？”于是我至今还未成莎士比亚。小儿一岁整，还不会“写字”，也不晓得去看猴，但善亲亲，闭眼，张口展览上下四个小牙。我若没事，请求他闭眼，露牙，小胖子总会东指西指地打岔。赶到我拿起笔来，他那一套全来了，不但亲脸，闭眼，还“指”令我也得表演这几招。有什么办法呢？！

这还算好的。赶到小济午后不睡，按着也不睡，那才难办。到这么四点来钟吧，她的困闹开始，到五点钟我已没有人味。什么也不对，连公园的猴都变成了臭的，而且猴之所以臭，也应当由我负责。小胖子也有这种困而不睡的时候，大概多数是与小济同时发难。两位小醉鬼一齐找毛病，我就是诸葛亮恐怕也得唱空城计，一点办法没有！在这种干等束手被擒的时候，偏偏会来一两封快信——催稿子！我也只好闹脾气了。不大一会儿，把太太也闹急了，一家大小四口，都成了醉鬼，其热闹至为惊人。大人声言离婚，小孩怎说怎不是，于离婚的争辩中瞎打混。一直到七点后，二位小天使已困得动不得，离婚的宣言才无形地撤销。这还算好的。遇上小胖子出牙，那才真叫厉害，不但白天没有情理，夜里还得上夜班。一会儿一醒，若被针扎了似的惊啼，他出牙，谁也不用打算睡。他的牙出利落了，大家全成了红眼虎。

不过，这一点也不妨碍家庭中爱的发展，人生的巧妙似乎就在这里。记得Frank Harris[①]仿佛有过这么点记载：他说王尔德为那件不名誉的案子过堂被审，一开头他侃侃而谈，语多幽默。及至原告提出几个男妓做证人，王尔德没了脉，非失败不可了。Harris以为王尔德必会说："我是个戏剧家，为观察人生，什么样的人都当交往。假若我不和这些人接触，我从哪里去找戏剧中的人物呢？"可是，王尔德竟自没这么答辩，官司就算输了！

把王尔德且放在一边；艺术家得多去经验，Harris的意见，假若不是特为王尔德而发的，的确是不错。连家庭之累也是如此。还拿小孩们说吧——这才来到正题——爱他们吧，嫌他们吧，无论怎说，也是极可宝贵的经验。

在没有小孩的时候，一个人的世界还是未曾发现美洲的时候的。小孩是科仑布[②]，把人带到新大陆去。这个新大陆并不很远，就在熟习[③]的街道上和家里。你看，街市上给我预备的，在没有小孩的时候，似乎只有理发馆、饭铺、书店、邮政局等。我想不出婴儿医院、糖食店、玩具铺等等的意义。连药房里的许许多多婴儿用的药和粉，报纸上婴儿自己药片的广

---

① 弗兰克·哈里斯（1856—1931），爱尔兰裔美国作家、记者、编辑、出版家，代表作《王尔德之生平与自由》。

② 今通译为哥伦布。

③ 意为熟悉。作者个人的习惯用语。

告，百货店里的小袜子小鞋，都显着多此一举，劳而无功。及至小天使自天飞降，我的眼睛似乎戴上了一双放大镜，街市依然那样，跟我有关系的东西可是不知增加了多少倍！婴儿医院不但挂着牌子，敢情里边还有医生呢。不但有医生，还是挺神气，一点也得罪不得。拿着医生所给的神符，到药房去，敢情那些小瓶子小罐都有作用。不但要买瓶子里的白汁黄面和各色的药饼，还得买瓶子罐子、轧粉的钵、量奶的漏斗、乳头、卫生尿布，玩意儿多多了！百货店里那些小衣帽、小家具，也都有了意义；原先以为多此一举的东西，如今都成了非它不行；有时候铺中缺乏了我所要的那一件小物品，我还大有看不起他们的意思：既是百货店，怎能不预备这件东西呢？！慢慢地，全街上的铺子，除了金店与古玩铺，都有了我的足迹；连当铺也走得怪熟。铺中人也渐渐熟识了，甚至可以随便闲谈，以小孩为中心，谈得颇有味儿。伙计们，掌柜们，原来不仅是站柜做买卖，家中还有小孩呢！有的铺子，竟自敢允许我欠账，仿佛一有了小孩，我的人格也好了些，能被人信任。三节的账条来得很踊跃，使我明白了过节过年的时候怎样出汗。

小孩使世界扩大，使隐藏着的东西都显露出来。非有小孩不能明白这个。看着别人家的孩子，肥肥胖胖，整整齐齐，你总觉得小孩们理应如此，一生下来就戴着小帽，穿着小袄，好像小雏鸡生下来就披着一身黄绒似的。赶到自己有了小孩，才能晓得事情并不这么简单。一个小娃娃身上穿戴着全世界的工商业所能供给的，给全家人以一切啼笑爱怨的经验，小孩的确是位小活神仙！

有了小活神仙，家里才会热闹。窗台上，我一向认为是摆花的地方。夏天呢，开着窗，风儿轻轻吹动花与叶，屋中一阵阵的清香。冬天呢，阳光射到花上，使全屋中有些颜色与生气。后来，有了小孩，那些花盆很神秘地都不见了，窗台上满是瓶子罐子，数不清有多少。尿布有时候上了写字台，奶瓶倒在书架上。大扫除才有了意义，是的，到时候非痛痛快快地收拾一顿不可了，要不然东西就有把人埋起来的危险。上次大扫除的时候，我由床底下找到了但丁的《神曲》。不知道这老家伙干吗在那里藏着玩呢！

人的数目也增多了，而且有很多问题。在没有小孩的时候，用一个仆人就够了，现在至少得用俩。以前，仆人“拿糖”，满可以暂时不用；没人做饭，就外边去吃，谁也不用拿捏谁。有了小孩，这点豪气趁早收起去。三天没人洗尿布，屋里就不要再进来人。牛奶等项是非有人管理不可，有儿方知卫生难，奶瓶子一天就得烫五六次；没仆人简直不行！有仆人就得捣乱，没办法！

好多没办法的事都得马上有办法，小孩子不会等着“国联”慢慢解决儿童问题。这就长了经验。半夜里去买药，药铺的门上原来有个小口，可以交钱拿药，早先我就不晓得这一招。西药房里敢情也打价钱，不等他开口，我就提出：“还是四毛五？”这个“还是”使我省五分钱，而且落个行家。这又是一招。找老妈子有作坊，当票儿到期还可以入利延期，也都被我学会。没工夫细想，大概自从有了儿女以后，我所得的经验至少比一张大学文凭所能给我的多着许多。大学文凭是由课本里掏出来的，现在我却念着一本活书，没有头儿。

连我自己的身体现在都会变形，经小孩们的指挥，我得去装马装牛，还须装得像个样儿。不但装牛像牛，我也学会牛的忍性，小胖子觉得“开步走”有意思，我就得百走不厌；只做一回，绝对不行。多咱[①]他改了主意，多咱我才能“立正”。在这里，我体验出母性的伟大，觉得打老婆的人们满该下狱。

中秋节前来了个老道，不要米，不要钱，只问有小孩没有？看见了小胖子，老道高了兴，说十四那天早晨须给小胖子左腕上系一根红线。备清水一碗，烧高香三炷，必能消灾除难。右邻家的老太太也出来看，老道问她有小孩没有，她惨淡

① 方言，意为什么时候、何时。

地摇了摇头。到了十四那天，倒是这位老太太的提醒，小胖子的左腕上才拴了一圈红线。小孩子征服了老道与邻家老太太。一看胖手腕的红线，我觉得比写完一本伟大的作品还骄傲，于是上街买了两尊兔子王，感到老道，红线，兔子王，都有绝大的意义！

做人要做最上等的人[①]

· 胡适

祖望：

你这么小小年纪，就离开家庭，你妈和我都很难过。但我们为你想，离开家庭是最好办法。第一使你操练独立的生活；第二使你操练合群的生活；第三使你自己感觉用功的必要。

自己能照应自己，服侍自己，这是独立的生活。饮食要自己照管，冷暖要自己知道。最要紧的是做事要自己负责任。你

① 选自《读书与治学》，胡适著，欧阳哲生编选，北京：生活·读书·新知三联书店，2022年11月。原名《做人与读书——致胡祖望（1929年8月26日）》，本文标题有改动。胡祖望（1919—2005），胡适长子，时去苏州求学。

功课做得好，是你自己的光荣；你做错了事，学堂记你的过，惩罚你，是你自己的羞耻。做得好，是你自己负责任。做得不好，也是你自己负责任。这是你自己独立做人的第一天，你要凡事小心。

你现在要和几百人同学了，不能不想想怎么样才可以同别人合得来。人同人相处，这是合群的生活。你要做自己的事，但不可妨害别人的事。你要爱护自己，但不可妨害别人。能帮助别人，须要尽力帮助人，但不可帮助别人做坏事。如帮人作弊，帮人犯规则，都是帮人做坏事，千万不可做。

合群有一条基本规则，就是时时要替别人想想，时时要想想"假使我做了他，我应该怎样？""我受不了的，他受得了吗？我不愿意的，他愿意吗？"你能这样想，便是好孩子。

你不是笨人，功课应该做得好。但你要知道世上比你聪明的人多得很。你若不用功，成绩一定落后。功课及格，那算什么？在一班要赶在一班的最高一排。在一校要赶在一校的最高一排。功课要考最优等，品行要列最优等，做人要做最上等的人，这才是有志气的孩子。但志气要放在心里，要放在工夫里，千万不要放在嘴上，千万不可摆在脸上。无论你志气怎样高，对人切不可骄傲。无论你成绩怎么好，待人总要谦虚和气。你越谦虚和气，人家越敬你爱你。你越骄傲，人家越恨你，越看不起你。

儿子，你不在家中，我们时时想念你，你自己要保重身体。你是徽州人，要记得“徽州朝奉，自己保重”。

你要记得下面的几件事：

（1）不要买摊头上的食物，微生物可怕！

（2）不要喝生水冷水，微生物可怕！

（3）不要贪凉。身体受了寒冷，如同水冰了不流，如同汽车上汽油冻住了汽车便开不动。许多病是这样来的。

（4）有病赶快寻医生。头痛是发热的表示，赶快试验温度表（寒暑表），看看有无热度。

（5）两脚走路觉得吃力时，赶快请医生验看，怕是脚气病。脚气病是学堂里常有的，最可怕，最危险。

（6）学校饮食里的滋养料不够，故每日早起须吃麦精一匙。可试用麦精代替糖浆，涂在面包上吃吃看。

这几条都是很要紧的，千万不要忘记。

你寄信给我们，也须编号数，用一本簿子记上，如下式：

家信　苏州第一号　×月××日寄

　　　苏州第二号　×月××日寄

你收的家信，也记在簿上：

爸爸　苏州第一号　八月廿七日收

爸爸　苏州第二号　×月××日收

妈妈　第三号　　　×月××日收

儿子，不要忘记我们，我们不会忘记你。努力做一个好孩子。

爸爸　十八年八月廿六夜

只要你能坚强，我就一辈子放了心[①]

· 傅雷

亲爱的孩子：元旦一手扶杖，一手搭在妈妈肩上，试了半步，勉强可走，这两日也就半坐半卧。但和残废一样，事事要人服侍，单独还是一步行不得。大概再要养息一星期方能照常。

早预算新年中必可接到你的信，我们都当作等待什么礼物一般地等着。果然昨天早上收到你（波10）来信，而且是多少可喜的消息。孩子！要是我们在会场上，一定会禁不住涕泗横流的。世界上最高的、最纯洁的欢乐，莫过于欣赏艺术，更莫

① 选自《傅雷家书》，傅雷、朱梅馥、傅聪著，傅敏编，南京：译林出版社，2021年12月。本篇书信写于1955年1月26日。原文无标题，此标题为编者所加。

过于欣赏自己的孩子的手和心传达出来的艺术！其次，我们也因为你替祖国增光而快乐！更因为你能借音乐而使多少人欢笑而快乐！想到你将来一定有更大的成就，没有止境的进步，为更多的人更广大的群众服务，鼓舞他们的心情，抚慰他们的创痛，我们真是心都要跳出来了！能够把不朽的大师的不朽的作品发扬光大，传布到地球上每一个角落去，真是多神圣、多光荣的使命！孩子，你太幸福了，天待你太厚了。我更高兴的、更安慰的是：多少过分的谀词与夸奖，都没有使你丧失自知之明，众人的掌声、拥抱，名流的赞美，都没有减少你对艺术的谦卑！总算我的教育没有白费，你二十年的折磨没有白受！你能坚强（不为胜利冲昏了头脑是坚强的最好的证据），只要你能坚强，我就一辈子放了心！成就的大小、高低，是不在我们掌握之内的，一半靠人力，一半靠天赋，但只要坚强，就不怕失败，不怕挫折，不怕打击——不管是人事上的、生活上的、技术上的、学习上的——打击；从此以后你可以孤军奋斗了。何况事实上有多少良师益友在周围帮助你，扶掖你。还加上古今的名著，时时刻刻给你精神上的养料！孩子，从今以后，你永远不会孤独的了，即使孤独也不怕的了！

赤子之心这句话，我也一直记住的。赤子便是不知道孤独的。赤子孤独了，会创造一个世界，创造许多心灵的朋友！永远保持赤子之心，到老也不会落伍，永远能够与普天下的赤子之心相接相契相抱！你那位朋友说得不错，艺术表现得动人，一定是从心灵的纯洁来的！不是纯洁到像明镜一般，怎能体会到前人的心灵？怎能打动听众的心灵？

斯曼齐安卡说的肖邦协奏曲的话，使我想起前二信你说 Richter［李赫特[①]］弹柴可夫斯基的协奏曲的话。一切真实的成就，必有人真正的赏识。

音乐院院长说你的演奏像流水、像河，更令我想到克利斯朵夫的象征。天舅舅说你小时候常以克利斯朵夫自命；而你的个性居然和罗曼·罗兰的理想有些相像了。河，莱茵，江声浩荡……钟声复起，天已黎明……中国正到了“复旦”的黎明时期，但愿你做中国的——新中国的——钟声，响遍世界，响遍每个人的心！滔滔不竭的流水，流到每个人的心坎里去，把大家都带着，跟你一块儿到无边无岸的音响的海洋中去吧！名闻世界的扬子江与黄河，比莱茵的气势还要大呢！……黄河之水天上来，奔流到海不复回！……无边落木萧萧下，不尽长江滚滚来！……有这种诗人灵魂的传统的民族，应该有气吞牛斗的表现才对。

你说常在矛盾与快乐之中，但我相信艺术家没有矛盾不

① 今通译为里希特（1915—1997），俄罗斯钢琴家。生于乌克兰。毕业于莫斯科音乐学院，1961年获“苏联人民艺术家”称号。

会进步，不会演变，不会深入。有矛盾正是生机蓬勃的明证。眼前你感到的还不过是技巧与理想的矛盾，将来你还有反复不已更大的矛盾呢：形式与内容的枘凿，自己内心的许许多多不可预料的矛盾，都在前途等着你。别担心，解决一个矛盾，便是前进一步！矛盾是解决不完的，所以艺术没有止境，没有perfect［完美，十全十美］的一天，人生也没有perfect的一天！唯其如此，才需要我们日以继夜，终生地追求、苦练；要不然大家做了羲皇上人，垂手而天下治，做人也太腻了！

辑五

心怀宇宙浪漫，也珍惜人间日常

我爱花，所以也爱养花。我可还没成为养花专家，因为没有工夫去做研究与试验。我只把养花当作生活中的一种乐趣，花开得大小好坏都不计较，只要开花，我就高兴。

白象[①]

· 丰子恺

白象是我家的爱猫，本来是我的次女林先家的爱猫，再本来是段老太太家的爱猫。

抗战初，段老太太带了白象逃难到大后方。胜利后，又带了它复员到上海，与我的次女林先及吾婿宋慕法邻居。不知为了什么原因，段老太太把白象和它的独子小白象寄交林先、慕法家，变成了他们的爱猫。我到上海，林先、慕法又把白象寄交我，关在一只无锡面筋的笼里，上火车，带回杭州，住在西湖边上的小屋里，变成了我家的爱猫。

白象真是可爱的猫！不但为了它浑身雪白，伟大如象，

---

① 选自《丰子恺散文》，丰子恺著，北京：人民文学出版社，2013年11月。

又为了它的眼睛一黄一蓝，叫作“日月眼”。它从太阳光里走来的时候，瞳孔细得几乎没有，两眼竟像话剧舞台上所装置的两只光色不同的电灯，见者无不惊奇赞叹。收电灯费的人看见了它，几乎忘记拿钞票；查户口的警察看见了它，也暂时不查了。

白象到我家后，慕法、林先常写信来，说段老太太已迁居他处，但常常来他们家访问小白象，目的是探问白象的近况。我的幼女一吟，同情于段老太太的离愁，常常给白象拍照，寄交林先转交段老太太，以慰其相思。同时对于白象，更增爱护。每天一吟读书回家，或她的大姐陈宝教课回家，一坐倒，白象就跳到她们的膝上，老实不客气地睡了。她们不忍拒绝，就坐着不动，向人要茶，要水，要鞋换，要报看。有时工人不在身边，我同老妻就当听差，送茶，送水，送鞋，送报。我们是间接服侍白象。

有一天，白象不见了。我们侦骑四出，遍寻不得。正在担忧，它偕同一只斑花猫，悄悄地回来了，大家惊喜。女工秀英说，这是招贤寺里的雄猫，说过笑起来。经过一个短促的休止符，大家都笑起来。原来它是到和尚寺里找恋人去了，害得我们急死。

此后斑花猫常来，它也常去，大家不以为奇。我觉得白象更可爱了。因为它不像鲁迅先生的猫，恋爱时在屋顶上怪声怪气，吵得他不能读书写稿，而用长竹竿来打。后来它的肚皮渐渐大起来了。约莫两三个月之后，它的肚皮大得特别，竟像一只白象了。我们用一只旧箱子，把盖拿去，作为它的产床。有一天，它临盆了，一胎五子，三只雪白的，两只斑花的。大家称庆，连忙叫男工樟鸿到岳坟去买新鲜鱼来给它调将。女孩子们天天冲克宁奶粉给它吃。

小猫日长夜大，两星期之后，都会爬动。白象育儿耐苦得很，日夜躺卧，让五个孩子纠缠。它的身体庞大，在五只小猫看来，好比一个丘陵。它们恣意爬上爬下，好像西湖上的游客爬孤山一样。这光景真是好看！

不料有一天，一只小花猫死了。我的幼儿新枚，哭了一场，拿一条美丽牌香烟的匣子，当作棺材，给它成殓，葬在西湖边的草地中。余下的四只，就特别爱惜。我家有七个孩子，三个在外，四个在杭州，他们就把四只小猫分领，各认一只。长女陈宝领了花猫，三女宁馨、幼女一吟、幼儿新枚，各领一只白猫。这就好比乡下人把孩子过房给庙里的菩萨一样，有了“保佑”“长命富贵”。大约因为他们不是菩萨，不能保佑；过一会儿，一只小白猫又死了。剩下三只，一花二白，都很健康，看看已能吃鱼吃饭，不必全靠吃奶了。白象的母氏劬劳，也渐渐减省。它不必日夜躺着喂奶，可以随时出去散步，或跳到女孩子们的膝上去睡觉了。女孩子们笑它：“做了母亲还要别人抱？”它不理，管自睡在人家怀里。

有一天，白象不回来吃中饭。“难道又到和尚寺里去找恋人了？”大家疑问。等到天黑，终于不回来。秀英当夜到寺里去寻，不见。明天，又不回来。问题严重起来，我就写二张海报：“寻猫：敝处走失日月眼大白猫一只。如有仁人君子觅得送还，奉酬法币十万元。储款以待，绝不食言。××路××号谨启。”过了两天，有邻人来言，“前几天看见大白猫死在地藏庵与复性书院之间的水沼里，恐怕是你们的”。我们闻耗奔丧，找不到尸体。问地藏庵里的警察，也说不知；又说，大概清道夫取去了。我们回家，大家沉默志哀，接着就讨论它的死因。有的说是它自己失脚落水，有的说是顽童推它下水，莫衷一是。后来新枚来报告，邻家的孩子曾经看见一只大白猫死在水沼上的大柳树根上。后来被人踢到水沼里。孩子不会说诳，此说大约可靠。且我听说，猫不肯死在家里，自知临命终了，必远行至无人处，然后辞世。故此说更觉可靠。我觉得这点“猫性”，颇可赞美。这有壮士风，不愿死户牖下儿女之手中，而情愿战死沙场，马革裹尸。这又有高士风，不愿病死在床上，而情愿遁迹深山，不知所终。总之，白象确已不在“猫间”了！

白象失踪的第二天，林先从上海来杭。一到，先问白象。骤闻噩耗，惊惶失色。因为她原是受了段老太太之托，此番来杭将把白象带回上海，重归旧主的。相差一天，天缘何悭！然而天实为之，谓之何哉。所幸它还有三个遗孤，虽非日月眼，而壮健活泼，足以承继血统。为防损失，特把一匹小花猫寄交我的好友家。其余两匹小白猫，常在我的身边。每逢我架起了脚看报或吃酒的时候，它们爬在我的两只脚上，一高一低，一动一静，别人看见了都要笑。我倒已经习以为常，似觉一坐下来，脚上天生成有两只小猫的。

猫的故事[①]

· 梁实秋

猫很乖，喜欢偎傍着人；有时候又爱蹭人的腿，闻人的脚。唯有冬尽春来的时候，猫叫春的声音颇不悦耳。呜呜地一声一声地吼，然后突然地哇咬之声大作，稀里哗啦的，铿天地而动神祇。这时候你休想安睡。所以有人不惜昏夜起床持大竹竿而追逐之。祖传有一位和尚作过这样的一首诗："猫叫春来猫叫春，听他愈叫愈精神，老僧亦有猫儿意，不敢人前叫一声。"这位师父富同情心，想来不至于抡大竹竿子去赶猫。

我的家在北平的一个深巷里。有一天，冬夜荒寒，卖水萝卜的，卖硬面饽饽的，都过去了，除了值更的梆子遥远的响声可以说是万籁俱寂。这时候屋瓦上噑的一声猫叫了起来，时而

① 选自《雅舍遗珠》，梁实秋著，武汉：武汉出版社，2013年8月。

如怨如诉，时而如诟如詈，然后一阵跳踉，蹿到另外一间房上去了，往返跳跃，搅得一家不安。如是者数日。

北平的窗子是糊纸的，窗棂不宽不窄正好容一只猫儿出入，只消他用爪一划即可通往无阻。在春暖时节，有一夜，我在睡梦中好像听到小院书房的窗纸响，第二天发现窗棂上果然撕破了一个洞，显然的是有野猫钻了进去。大概是饿极了，进去捉老鼠。我把窗纸补好。不料第二天猫又来，仍从原处出入，这就使我有些不耐烦，一之已甚，岂可再乎？第三天又发生同样情形，而且把书桌、书架都弄得凌乱不堪，书桌上印了无数的梅花印，我按捺不住了。我家的厨师是一个足智多谋的人，除了调和鼎鼐之外还贯通不少的左道旁门，他因为厨房里的肉常常被猫拖拉到灶下，鱼常被猫叼着上了墙头，怀恨于心，于是殚智竭力，发明了一个简单而有效的捕猫方法。法用铁丝一根，在窗棂上猫经常出入之处钉一个铁钉，铁丝一端系牢在铁钉之上，另一端在铁丝上做一活扣，使铁丝作圆箍形，把圆箍伸缩到适度放在窗棂上，便诸事完备，静待活捉。猫蹿进屋的时候前腿伸入之后身躯势必触到铁丝圆箍，于是正好套在身上，活生生悬在半空，愈挣扎则圆箍愈紧。厨师看我为猫所苦无计可施，遂自告奋勇为我在书房窗上装置了这么一个机关。我对他起初并无信心，姑妄从之。但是当天夜里居然有了动静。早晨起来一看，一只瘦猫奄奄一息地赫然挂在那里！

厨师对于捉到的猫向来执法如山，不稍宽假，我看了猫的那副可怜相直为它缓颊。结果是从轻发落予以开释，但是厨师坚持不能不稍予膺惩，即在猫身上用原来的铁丝系上一只空罐头，开启街门放它一条生路。只见猫一溜烟似的稀里哗啦地拖着罐头绝尘而去，像是新婚夫妻的汽车之离教堂去度蜜月。跑得愈快，罐头响声愈大，猫受惊乃跑得更快，惊动了好几条野狗跟在后面追赶，黄尘滚滚，一瞬间出了巷口往北而去。它以后的遭遇如何我不知道，我心想它吃了这个苦头以后绝对不会再光顾我的书房。窗户纸重新糊好，我准备高枕而眠。

当天夜里，听见铁罐响，起初是在后院砖地上哗啷哗啷地响，随后像是有东西提着铁罐猱升跨院的枣树，终乃在我的屋瓦上作响。屋瓦是一垄一垄的，中有小沟，所以铁罐越过瓦垄的声音是咯噔咯噔地清晰可辨。我打了一个冷战，难道是那只猫的阴魂不散？它拖着铁罐子跑了一天，藏躲在什么地方，终于夤夜又复光临寒舍？我家究竟有什么东西值得使它这样念念不忘？

咣当一声，铁罐坠地，显然是铁丝断了。几乎同时，噗的一声，猫顺着我窗前的丁香树也落了地。它低声地呻吟了一声，好像是初释重负后的一声叹息。随后我的书房窗纸又撕破了——历史重演。

这一回我下了决心，我如果再度把它活捉，要用重典，不是系一个铁罐就能了事。我先到书房里去查看现场，情况有一些异样，大书架接近顶棚最高的一格有几本书撒落在地上。倾耳细听，书架上有呼噜呼噜的声音。怎么猫找到了这个地方来酣睡？我搬了高凳爬上去窥视，吓我一大跳，原来是那只瘦猫拥着四只小猫在喂奶！

四只小猫是黑白花的，咕咕容容地在猫的怀里乱挤，好像眼睛还没有睁开，显然是出生不久。在车船上遇到有妇人生产，照例被视为喜事，母子好像都可以享受好多的优待。我的书房里如今喜事临门，而且一胎四个，原来的一腔怒火消去了不少。天地之大德曰生，这道理本该普及于一切有情。猫为了它的四只小猫，不顾一切地冒着危险回来喂奶，伟大的母爱实在是无以复加！

猫的秘密被我发现，感觉安全受了威胁，一夜的工夫它把四只小猫都叼离书房，不知运到什么地方去了。

养花[①]

· 老舍

我爱花，所以也爱养花。我可还没成为养花专家，因为没有工夫去做研究与试验。我只把养花当作生活中的一种乐趣，花开得大小好坏都不计较，只要开花，我就高兴。在我的小院中，到夏天，满是花草，小猫儿们只好上房去玩耍，地上没有它们的运动场。

花虽多，但无奇花异草。珍贵的花草不易养活，看着一棵好花生病欲死是件难过的事。我不愿时时落泪。北京的气候，对养花来说，不算很好。冬天冷，春天多风，夏天不是干旱就是大雨倾盆；秋天最好，可是忽然会闹霜冻。在这种气候里，

---

① 选自《老舍散文精编》，老舍著，舒济编选，北京：人民文学出版社，1994年1月。

想把南方的好花养活，我还没有那么大的本事。因此，我只养些好种易活、自己会奋斗的花草。

不过，尽管花草自己会奋斗，我若置之不理，任其自生自灭，它们多数还是会死了的。我得天天照管它们，像好朋友似的关切它们。一来二去，我摸着一些门道：有的喜阴，就别放在太阳地里，有的喜干，就别多浇水。这是个乐趣，摸住门道，花草养活了，而且三年五载老活着、开花，多么有意思呀！不是乱吹，这就是知识呀！多得些知识，一定不是坏事。

我不是有腿病吗，不但不利于行，也不利于久坐。我不知道花草们受我的照顾，感谢我不感谢；我可得感谢它们。在我工作的时候，我总是写了几十个字，就到院中去看看，浇浇这棵，搬搬那盆，然后回到屋中再写一点，然后再出去，如此循环，把脑力劳动与体力劳动结合到一起，有益身心，胜于吃药。要是赶上狂风暴雨或天气突变哪，就得全家动员，抢救花草，十分紧张。几百盆花，都要很快地抢到屋里去，使人腰酸腿疼，热汗直流。第二天，天气好转，又得把花儿都搬出去，就又一次腰酸腿疼，热汗直流。可是，这多么有意思呀！不劳动，连棵花儿也养不活，这难道不是真理吗？

送牛奶的同志，进门就夸“好香”！这使我们全家都感到骄傲。赶到昙花开放的时候，约几位朋友来看看，更有秉烛夜游的神气——昙花总在夜里放蕊。花儿分根了，一棵分为数棵，就赠给朋友们一些；看着友人拿走自己的劳动果实，心里自然特别喜欢。

当然，也有伤心的时候，今年夏天就有这么一回。三百株菊秧还在地上（没到移入盆中的时候），下了暴雨。邻家的墙倒了下来，菊秧被砸死者约三十多种，一百多棵！全家都几天没有笑容！

有喜有忧，有笑有泪，有花有实，有香有色，既须劳动，又长见识，这就是养花的乐趣。

小春天气[①]

· 郁达夫

一

与笔砚疏远以后，好像是经过了不少时日的样子。我近来对于时间的观念，一点儿也没有了。总之案头堆着的从南边来的两三封问我何以老不写信的家信，可以做我久疏笔砚的明证。所以从头计算起来，大约自我发表最后的一篇整个儿的文字到现在，总已有一年以上，而自我的右手五指，抛离纸笔以来，至少也得有两三个月的光景。以天地之悠悠，而来较量这一年或三个月的时间，大约总不过似骆驼身上的半截毫毛；但

① 选自《郁达夫散文》，郁达夫著，北京：人民文学出版社，2016年8月。

是由先天不足，后天亏损——这是我们中国医生常说的话，我这样的用在这里，请大家不要笑我——的我说来，渺焉一身，寄住在这北风凉冷的皇城人海中间受尽了种种欺凌侮辱，竟能安然无事地经过这么长的一段时间，却是一种摩西以后的最大奇迹。

回想起来这一年的岁月，实在是悠长得很呀！绵绵钟鼓初长的秋夜，我当众人睡尽的中宵，一个人在六尺方的卧房里踏来踏去，想想我的女人，想想我的朋友，想想我的暗淡的前途，曾经熏烧了多少支的短长烟卷？睡不着的时候，我一个人拿了蜡烛，幽脚幽手地跑上厨房去烧些风鸡糟鸭来下酒的事情，也不止三次五次。而由现在回顾当时，那时候初到北京后的这种不安焦躁的神情，却只似儿时的一场噩梦，相去好像已经有十几年的样子，你说这一年的岁月对我是长也不长？

这分外地觉得岁月悠长的事情，不仅是意识上的问题，实际上这一年来我的肉体精神两方面，都印上了这人家以为很短而在我却是很长的时间的烙印。去年十月在黄浦江头送我上船的几位可怜的朋友，若在今年此刻，和我相遇于途中，大约他们看见了我，总只是轻轻地送我一瞥，必定会仍复不改常态地向前走去的。（虽则我的心里在私心默祷，使我遇见了他们，不要也不认识他们！）

这一年的中间，我的衰老的气象，实在是太急速地侵袭到了，急速地，真真是很急速地。“白发三千丈”一流的夸张的比喻，我们暂且不去用它，就减之又减地打一个折扣来说吧，我在这一年中间，至少也的的确确地长了十岁年纪。牙齿也掉了，记忆力也消退了，对镜子剃削胡髭的早晨，每天都要很惊异地往后看一看，以为镜子里反映出来的，是别一个站在我后面的没有到四十岁的半老人。腰间的皮带，尽是一个窟窿一个窟窿地往里缩，后来现成的孔儿不够，却不得不重用钻子来新开，现在已经开到第二个了。最使我伤心的是当人家欺凌我侮辱我的时节，往日很容易起来的那一种愤激之情，现在怎么也鼓励不起来。非但如此，当我觉得受了最大的侮辱的时候，不晓从何处来的一种滑稽的感想，老要使我作会心的微笑。不消说年轻时候的种种妄想，早已消磨得干干净净，现在我连自家的女人小孩的生存，和家中老母的健否等问题都想不起来；有时候上街去雇得着车，坐在车上，只想车夫走往向阳的地方去——因为我现在忽而怕起冷来了——慢一点儿走，好使我饱看些街上来往的行人，和组成现代的大同世界的形形色色。看倦了，走倦了，跑回家来，只想弄一点美味的东西吃吃，并且一边吃，一边还要想出如何能够使这些美味的东西吃下去不会饱胀的方法来，因为我的牙齿不好，消化不良，美味的东西，老怕不能一天到晚不间断地吃过去。

二

现在我们在这里所享有的，是一年中间最好不过的十月。江北江南，正是小春的时候。况且世界又是大同，东洋车、牛车、马车上，一闪一闪地在微风里飘荡的，都是些除五色旗外的世界各国的旗子。天色苍苍，又高又远，不但我们大家酣歌笑舞的声音，达不到天听，就是我们的哀号狂泣，也和耶和华的耳朵，隔着蓬山几千万叠。生逢这样的太平盛世，依理我也应该向长安的落日，遥进一杯祝颂南山的寿酒，但不晓怎么地，我自昨天以来，明镜似的心里，又忽而起了一层翳障。

仰起头来看看青天，空气澄清得怖人；各处散射在那里的阳光，又好像要对我说一句什么可怕的话，但是因为爱我怜我的缘故，不敢马上说出来的样子。脚底下铺着扫不尽的落叶，忽而索落索落地响了一声，待我低下头来，向发出声音来的地方望去，又看不出什么动静来了，这大约是我们庭后的那一棵槐树，又摆脱了一叶负担了吧。正是午前十点钟的光景，家里的人都出去了，我因为孤零丁一个人在屋里坐不住，所以才踱到院子里来的，然而在院子里站了一忽，也觉得没有什么意思，昨晚来的那一点小小的忧郁仍复笼罩在我的心上。

当半年前，每天只是忧郁的连续的时候，倒反而有一种余裕来享乐这一种忧郁，现在连快乐也享受不了的我的脆弱的身心，忽而沾染了这一层虽则是很淡很淡，但也好像是很深的隐忧，只觉得坐立都是不安。没有方法，我就把香烟连续地吸了好几支。

是神明的摄理呢，还是我的星命的佳会？正在这无可奈何的时候，门铃儿响了。小朋友G君，背了水彩画具架进来说：

“达夫，我想去郊外写生，你也同我去郊外走走吧！”

G君年纪不满二十，是一位很活泼的青年画家，因为我也很喜欢看画，所以他老上我这里来和我讲些关于作画的事情。据他说：“今天天气太好，坐在家里，太对大自然不起，还是出去走走的好。”我换了衣服，一边和他走出门来，一边告诉门房“中饭不来吃，叫大家不要等我”的时候，心里所感得的喜悦，怎么也形容不出来。

三

本来是没有一定目的地的我们，到了路上，自然而然地走向西去，出了平则门。阳光不问城内城外，一例地很丰富地洒在那里。城门附近的小摊儿上，在那里摊开花生米的小贩，大约是因为他穿着的那件宽大的夹袄的原因吧，觉得也反映着一味秋气。茶馆里的茶客，和路上来往的行人，在这样和煦的太阳光里，面上总脱不了一副贫陋的颜色；我看看这些人的样子，心里又有点不舒服起来，所以就叫G君避开城外的大街沿城折往北去。夏天常来的这城下长堤上，今天来往的大车特别地少。道旁的杨柳，颜色也变了，影子也疏了。城河里的浅水，依旧映着晴空，返射着日光，实际上和夏天并没有什么区别，但我觉得总有一种寂寥的感觉，浮在水面。抬头看看对岸，远近一排半凋的林木，纵横交错地列在空中。大地的颜色，也不似夏日的茏葱，地上的浅草都已枯尽，带起浅黄色来了。法国教堂的屋顶，也好像失了势力似的，在半凋的树林中孤立在那里。与夏天一样的，只有一排西山连亘的峰峦。大约是今天空气格外澄鲜的缘故吧，这排明褐色的屏障，觉得是近得多了，的确比平时近得多了。此外弥漫在空际的，只有明蓝澄洁的空气，悠久广大的天空和饱满的阳光，和暖的阳光。隔岸堤上，忽而走出了两个着灰色制服的兵来。他们拖了两个斜短的影子，默默地在向南的行走。我见了他们，想起了前几天平则门外的抢劫的事情，所以就对G君说：

“我看这里太辽阔，取不下景来，我们还是进城去吧！上小馆子去吃了午饭再说。”

G君踏来踏去地看了一会儿，对我笑着说：“近来不晓怎么地，有一种莫名其妙的神秘的灵感，常常闪现在我的脑里。今天是不成了，没有带颜料和油画的家伙来。”他说着用手向远处教堂一指，同时又接着说：

“几时我想画画教堂里的宗教画看。”

“那好得很啊！”

猫猫虎虎地这样回答了一句，我就转换方向，慢慢地走回到城里来了。落后了几步，他也背着画具，慢慢地跟我走来。

四

喝了两斤黄酒，吃得满满的一腹。我和G君坐在洋车上，被拉往陶然亭去的时候，太阳已经打斜了。本来是有点醉意，又被午后的阳光一烘，我坐在车上，眼睛觉得渐渐地蒙眬了起来。洋车走尽了粉房琉璃街，过了几处高低不平的新开地，走入南下洼旷野的时候，我向右边一望，只见几列鳞鳞的屋瓦，半隐半现地在西边一带的疏林里跳跃。天色依旧是苍苍无底，旷野里的杂粮也已割尽，四面望去，只是洪水似的午后的阳光，和远远躺在阳光里的矮小的坛殿城池。我张了一张睡眼，向周围望了一圈，忽笑向G君说：

“‘秋气满天地，胡为君远行'，这两句唐诗真有意思，要是今天是你去法国的日子，我在这里饯你的行，那么再比这两句诗适当的句子怕是没有了，哈哈……”

只喝了半小杯酒，脸上已涨得潮红的G君也笑着对我说：

“唐诗不是这样的两句，你记错了吧！”

两人在车上笑说着，洋车已经走入了陶然亭近旁的芦花丛里，一片灰白的毫芒，无风也自己在那里作浪。西边天际有几点青山隐隐，好像在那里笑着对我们点头。下车的时候，我觉得支持不住了，就对G君说：

“我想上陶然亭去睡一觉，你在这里画吧！现在总不过两点多钟，我睡醒了再来找你。”

五

陶然亭的听差来摇我醒来的时候，西窗上已经射满了红色的残阳。我洗了手脸，喝了二碗清茶，从东面的台阶上下来，看见陶然亭的黑影，已经越过了东边的道路，遮满了一大块道路东面的芦花水地。往北走去，只见前后左右，尽是茫茫一片的白色芦花。西北抱冰堂一角，扩张着阴影，西侧面的高处，满挂了夕阳的最后的余光，在那里催促农民的息作。穿过了香冢鹦鹉冢的土堆的东面，在一条浅水和墓地的中间，我远远认出了G君的侧面朝着斜阳的影子。从芦花铺满的野路上将走近G君背后的时候，我忽而气也吐不出来，向西地瞪目呆住了。这样伟大的、这样迷人的落日的远景，我却从来没有看见过。太阳离山，大约不过盈尺的光景，点点的遥山，淡得比春初的嫩草，还要虚无缥缈。监狱里的一架高亭，突出在许多有谐调的树林的枝干高头。芦根的浅水，满浮着芦花的绒穗，也不像积绒，也不像银河。芦萍开处，忽映出一道细狭而金赤的阳光，高冲牛斗。同是在这返光里飞坠的几簇芦绒，半边是红，半边是白。我向西呆看了几分钟，又回头向东北三面环眺了几分钟，忽而把什么都忘掉了，连我自家的身体都忘掉了。

上前走了几步，在灰暗中我看见G君的两手，正在忙动，我叫了一声，G君头也不朝转来，很急促地对我说：

“你来，你来，来看我的杰作！”

我走近前去一看，他画架上，悬在那里，正在上色的，并不是夕阳，也不是芦花，画的中间，向右斜曲的，却是一条颜色很沉滞的大道。道旁是一处阴森的墓地，墓地的背后，有许多灰黑凋残的古木，横叉在空间。枯木林中，半弯下弦的残月，刚升起来，冰冷的月光，模糊隐约地照出了一只停在墓地树枝上的猫头鹰的半身。颜色虽则还没有上全，然而一道逼人的冷气，却从这幅未完的画面直向观者的脸上喷来。我簇紧了眉峰，对这画面静看了几分钟，抬起头来正想说话的时候，觉得太阳已经完全下山了，四面的薄暮的光景也比一刻前促迫了。尤其是使我惊恐的，是我抬起头来的时候，在我们的西北的墓地里，也有一个很淡很淡的黑影，动了一动。我默默地停了一会儿，惊心定后，再朝转头来看东边天上的时候，却见了一痕初五六的新月悬挂在空中。又停了一会儿，把惊恐之心，按捺了下去，我才慢慢地对G君说：

“这一张小画，的确是你的杰作，未完的杰作。太晚了，快快起来，我们走吧！我觉得冷得很。”我话没有讲完，又对他那张画看了一眼，打了一个冷痉，忽而觉得毛发都竦竖了起来；同时自昨天来在我胸中盘踞着的那种莫名其妙的忧郁，又笼罩上我的心来了。

G君含了满足的微笑，尽在那里闭了一只眼睛——这是他的脾气——细看他那未完的杰作。我催了他好几次，他才起来收拾画具。我们二人慢慢地走回家来的时候，他也好像倦了，不愿意讲话，我也为那种忧郁所侵袭，不想开口。两人默默地走到灯火荧荧的民房很多的地方，G君方开口问我说：

“这一张画的题目，我想叫《残秋的日暮》，你说好不好？”

“画上的表现，岂不是半夜的景象吗？何以叫日暮呢？”

他听了我这句话，又含了神秘的微笑说：

“这就是今天早晨我和你谈的神秘的灵感哟！我画的画，老喜欢依画画时候的情感节季来命题，画面和画题合不合，我是不管的。”

“那么，《残秋的日暮》也觉得太衰飒了，况且现在已经入了十月，十月小阳春，哪里是什么残秋呢？”

“那么我这张画就叫作《小春》吧！”

这时候我们已经走进了一条热闹的横街，两人各雇着洋车，分手回来的时候，上弦的新月，也已起来得很高了。我一个人摇来摇去地被拉回家来，路上经过了许多无人来往的乌黑的僻巷。僻巷的空地道上，纵横倒在那里的，只是些房屋和电杆的黑影。从灯火辉煌的大街，忽而转入这样僻静的地方的时候，谁也会发生一种奇怪的感觉出来，我在这初月微明的天盖下面苍茫四顾，也忽而好像是遇见了什么似的，心里的那一种莫名其妙的忧郁，更深起来了。

蝉与纺织娘[①]

· 郑振铎

你如果有福气独自坐在窗内，静悄悄地没有一个人来打扰你，一点钟、二点钟地过去，嘴里衔着一支烟，躺在沙发上慢慢地喷着烟云，看它一白圈一白圈地升上，那么在这静境之内，你便可听到那墙角阶前的鸣虫的奏乐。

那鸣虫的作响，真不是凡响；如果你曾听见过曼杜令的低奏，你曾听见过一支洞箫在月下湖上独吹着，你曾听见过红楼重幔中透漏出来的弦管声，你曾听见过流水淙淙的由溪石间流过，言或你曾倚在山阁上听着飒飒的松风在足下拂过，那么，你便可以把那如何清幽的鸣虫之叫声想象到一二了。

---

① 选自《郑振铎散文》，郑振铎著，乔继堂主编，鄢晓霞选编，上海：上海科学技术文献出版社，2012年10月。

虫之乐队，因季候的关系，而颇有不同：夏天与秋令的虫声，便是截然的两样。蝉之声是高旷的，享乐的，带着自己满足之意的；它高高地栖在梧桐树或竹枝上，迎风而唱，那是生之歌，生之盛年之歌，那是结婚歌，那是中世纪武士美人大宴时的行吟诗人之歌。无论听了那叽……叽……的曼长音，或叽格……叽格……的较短声，都可以同样受到一种轻快的美感。秋虫的鸣声最复杂。但无论纺织娘的咭嘎，蟋蟀的唧唧，金铃子之叮令，还有无数无数不可名状的秋虫之鸣声，其音调之凄抑却都是一样的，它们唱的是秋之歌，是暮年之歌，是薤露之曲。它们的歌声，是如秋风之扫落叶，怨妇之奏琵琶，孤峭而幽奇，清远而凄迷，低回而愁肠百结。你如果是一个孤客，独宿于荒郊逆旅，一盏荧荧的油灯，对着一张板床，一张木桌，一二张硬板凳，再一听见四壁唧唧知知的虫声间作，那你今夜便不用再想稳稳当当地安睡了。什么愁情、乡思，以及人生之悲感，都会一串一串地从根儿勾引起来，在你心上翻来覆去，如白老鼠在戏笼中走轮盘一般，一上去便不再想下来憩息。如果你不是一个客人，你有家庭，你有很好的太太，你并没有什么闲愁胡想，那么，在你太太已睡之后，你想在书房中静静地写些东西时，这唧唧的秋虫之声却也会无端地蹿入你的心里，翻掘起你向不曾有过的一种凄感呢。如果那一夜是一个月夜，天井里统统是银白色，枯秃的树影，一根一条地很清朗地印在地上，那么你的感触将更深了。那也许就是所谓悲秋。

秋虫之声，大概都在蝉之夏曲已告终之后出现，那正与气候之寒暖相应。但我却有一次奇异的经验；在无数的纺织娘之鸣声已来了之后，却又听得满耳的蝉声。我想我们的读者中有这种经验的人必是不多的。

我在山中，每天听见的只有蝉声，鸟声还比不上。那时天气是很热，即在山上，也觉得并不凉爽。正午的时候，躺在廊前的藤榻上，要求一点的凉风，却见满山的竹树梢头，一动也不动，看看足底下的花草，也都静静地站着，似老僧入了定似的。风扇之类既得不到，只好不断地用手巾来拭汗，不断地在摇挥那纸扇了。在这时候，往往有几缕的蝉声在槛外鸣奏着。闭了目，静静地听了它们在忽高忽低，忽断忽续，此唱彼和，仿佛是一大阵绝清幽的乐队，在那里奏着绝清幽的曲子，炎热似乎也减少了，然后，蒙昽地蒙昽地睡去了，什么都不觉得。良久，良久，清梦醒来时，却又是满耳的蝉声，山中的蝉真多！绝早的清晨，老妈子们和小孩子们常去抱着竹竿乱摇一阵，而一只二只的蝉便要跟随了朝露而落到地上了。每一个早晨，在我们滴翠轩的左近，至少是百只以上的蝉是这样地被捉。但蝉声却并不减少。

常常地，一只蝉两只蝉，叽的一声，飞入房内，如平时我们所见的青油虫及灯蛾之飞入一样。这也是必定被人所捉的。

有一天见有什么东西在槛外倒水的铅斗中咯笃咯笃地作响，俯身到槛外一看，却又是一只蝉，这当然又是一个俘虏了。还有好几次，在山脊上走时，忽见矮林丛中有什么东西在动，拨开林丛一看，却也是一只蝉。它是被竹枝竹叶挡阻住了不能飞去。我把它拾在手中。同行的心南先生说，“这有什么稀奇，放走了它吧。要多少还怕没有！我便顺手把它向风中一送，它悠悠扬扬地飞去很远很远，渐渐地不见了。我想不到这只蝉就在刚才是地上拾了来的那一只！

初到时，颇想把它们捉几个寄到上海去送送人。有一次，便托了老妈子去捉。她在第二天一早，果然捉了五六只来放在一个大香烟纸盒中，不料给依真一见，她却吵着，带强迫地要去。我又托那个老妈子去捉。第二天，又捉了四五只来。依真的纸盒中却只剩下两只活的，其余的都死了。到了晚上，我的几只，也死了一半。因此，寄到上海的计划遂根本地打消了。从此以后，便也不再托人去捉，自己偶然捉来的，也都随手地放去了。那样不经久的东西，留下了它干什么用！不过孩子们却还热心地去捉。依真每天要捉至少三只以上用细绳子缚在铁杆上。有一次，曾有一只蝉居然带了红绳子逃去了；很长的一根红绳子，拖在它后面，在风中飘荡着，很有趣味。

半个月过去了；有的时候，似乎蝉声略少，第二天却又多了起来。虽然叽……叽……地不息地鸣着，却并不觉喧扰；所以大家都不讨厌它们。我却特别地爱听它们的歌唱，那样的高旷清远的调子，在什么音乐会中可以听得到！所以我每以蝉声将绝为虑，时时地干涉孩子们捕捉。

到了一夜，狂风大作，雨点如从水龙头上喷出似的，向槛内廊上倾倒。第二天还不放晴。再过一天，晴了，天气却很凉，蝉声乃不再听见了！全山上在鸣唱着的却换了一种咭嘎……咭嘎……的急促而凄楚的调子，那是纺织娘。

“秋天到了。”我这样地说着，颇动了归心。

再一天，纺织娘还是咭嘎咭嘎地唱着。

然而第三天早晨，当太阳晒得满山时，蝉声却又听见了，且很不少！我初听不信；叽……叽……叽格……叽格……那确是蝉声！纺织娘之声又潜踪了。

蝉回来了，跟它回来的是炎夏。从箱中取出的棉衣又复放入箱中。下山之计遂又打消了。

谁曾于听了纺织娘歌声之后再听见蝉的夏曲呢？是我的一个有趣的经验。

荔枝蜜[①]

· 杨朔

花鸟草虫，凡是上得画的，那原物往往也叫人喜爱。蜜蜂是画家的爱物，我却总不大喜欢。说起来可笑。孩子时候，有一回上树掐海棠花，不想叫蜜蜂螫了一下，痛得我差点儿跌下来。大人告诉我说：蜜蜂轻易不螫人，准是误以为你要伤害它，才螫。一螫，它自己耗尽生命，也活不久了。我听了，觉得那蜜蜂可怜，原谅它了。可是从此以后，每逢看见蜜蜂，感情上疙疙瘩瘩的，总不怎么舒服。

今年四月，我到广东从化温泉小住了几天。四周是山，怀里抱着一潭春水，那又浓又翠的景色，简直是一幅青绿山

① 选自《杨朔散文》，杨朔著，北京：人民文学出版社，2013年11月。

水画。刚去的当晚，是个阴天，偶尔倚着楼窗一望：奇怪啊，怎么楼前凭空涌起那么多黑黝黝的小山，一重一重的，起伏不断。记得楼前是一片比较平坦的园林，不是山。这到底是什么幻景呢？赶到天明一看，忍不住笑了。原来是满野的荔枝树，一棵连一棵，每棵的叶子都密得不透缝，黑夜看去，可不就像小山似的。

荔枝也许是世上最鲜最美的水果。苏东坡写过这样的诗句："日啖荔枝三百颗，不辞长作岭南人。"可见荔枝的妙处。偏偏我来的不是时候，满树刚开着浅黄色的小花，并不出众。新发的嫩叶，颜色淡红，比花倒还中看些。从开花到果子成熟，大约得三个月，看来我是等不及在从化温泉吃鲜荔枝了。

吃鲜荔枝蜜，倒是时候。有人也许没听说这稀罕物儿吧？从化的荔枝树多得像汪洋大海，开花时节，满野嘤嘤嗡嗡，忙得那蜜蜂忘记早晚，有时趁着月色还采花酿蜜。荔枝蜜的特点是成色纯，养分大。住在温泉的人多半喜欢吃这种蜜，滋养精神。热心肠的同志为我也弄到两瓶。一开瓶子塞儿，就是那么一股甜香；调上半杯一喝，甜香里带着股清气，很有点鲜荔枝味儿。喝着这样的好蜜，你会觉得生活都是甜的呢。

我不觉动了情，想去看看自己一向不大喜欢的蜜蜂。

荔枝林深处，隐隐露出一角白屋，那是温泉公社的养蜂场，却起了个有趣的名儿，叫“蜜蜂大厦”。正当十分春色，花开得正闹。一走进“大厦”，只见成群结队的蜜蜂出出进进，飞去飞来，那沸沸扬扬的情景，会使你想：说不定蜜蜂也在赶着建设什么新生活呢。

养蜂员老梁领我走进“大厦”。叫他老梁，其实是个青年人，举动很精细。大概是老梁想叫我深入一下蜜蜂的生活，小小心心揭开一个木头蜂箱，箱里隔着一排板，每块板上满是蜜蜂，蠕蠕地爬着。蜂王是黑褐色的，身量特别细长，每只蜜蜂都愿意用采来的花精供养它。

老梁叹息似的轻轻说：“你瞧这群小东西，多听话。”

我就问道：“像这样一窝蜂，一年能割多少蜜？”

老梁说：“能割几十斤。蜜蜂这物件，最爱劳动。广东天气好，花又多，蜜蜂一年四季都不闲着。酿的蜜多，自己吃的可有限。每回割蜜，给它们留一点点糖，够它们吃的就行了。它们从来不争，也不计较什么，还是继续劳动、继续酿蜜，整日整月不辞辛苦……”

我又问道：“这样好蜜，不怕什么东西来糟害吗？”

老梁说：“怎么不怕？你得提防虫子爬进来，还得提防大黄蜂。大黄蜂这贼最恶，常常落在蜜蜂窝洞口。专干坏事。”

我不觉笑道：“噢！自然界也有侵略者。该怎么对付大黄蜂呢？”

老梁说：“赶！赶不走就打死它。要让它待在那儿，会咬死蜜蜂的。”

我想起一个问题，就问：“可是呢，一只蜜蜂能活多久？”

老梁回答说：“蜂王可以活三年，一只工蜂最多能活六个月。”

我说：“原来寿命这样短。你不是总得往蜂房外边打扫死蜜蜂吗？”

老梁摇一摇头说：“从来不用。蜜蜂是很懂事的，活到限数，自己就悄悄死在外边，再也不回来了。”

我的心不禁一颤：多可爱的小生灵啊，对人无所求，给人的却是极好的东西。蜜蜂是在酿蜜，又是在酿造生活；不是为自己，而是在为人类酿造最甜的生活。蜜蜂是渺小的；蜜蜂却又多么高尚啊！

透过荔枝树林，我沉吟地望着远远的田野，那儿正有农民立在水田里，辛辛勤勤地分秧插秧。他们正用劳力建设自己的生活，实际也是在酿蜜——为自己，为别人，也为后世子孙酿造着生活的蜜。

这黑夜，我做了个奇怪的梦，梦见自己变成一只小蜜蜂。

市声拾趣[①]

· 张恨水

我也走过不少的南北码头，所听到的小贩吆唤声，没有任何一地能赛过北平的。北平小贩的吆唤声，复杂而谐和，无论其是昼是夜，是寒是暑，都能给予听者一种深刻的印象，虽然这里面有部分是极简单的，如“羊头肉”“肥卤鸡”之类，可是他们能在声调上，助字句之不足。至于字句多的，那一份优美，就举不胜举，有的简直是一首歌谣，例如夏天卖冰酪的，他在胡同的绿槐荫下，歇着红木漆的担子，手扶了扁担，吆唤着道：“冰激凌，雪花酪，桂花糖，搁得多，又甜又凉又解渴。”这就让人听着感到趣味了。又像秋冬卖大花生的，他喊

① 选自《张恨水散文·第1卷》，张恨水著，王玉佩编，合肥：安徽文艺出版社，1995年11月。

着：“落花生，香来个脆啦，芝麻酱的味儿啦。”这就含有一种幽默感了。

也许是我们有点主观，我们在北平住久了的人，总觉得北平小贩的吆唤声，很能和环境适合，情调非常之美。如现在是冬天，我们就说冬季了。当早上的时候，黄黄的太阳，穿过院树落叶的枯条，晒在人家的粉墙上，胡同的犄角儿上，兀自堆着大大小小的残雪。这里很少行人，有两三个小学生背着书包上学，于是有辆平头车子，推着一个木火桶，上面烤了大大小小二三十个白薯，歇在胡同中间。小贩穿了件老羊毛背心儿，腰上系了条板带，两手插在背心里，喷着两条如云的白气，站在车把里叫道：“噢……热啦……烤白薯啦……又甜又粉，栗子味。”当你早上在大门外一站，感到又冷又饿的时候，你就会因这种引诱，要买他几大枚白薯吃。

在北平住家稍久的人，都有这么一种感觉，卖硬面饽饽的人极为可怜，因为他总是在深夜里出来的。当那万籁俱寂、漫天风雪的时候，屋子外的寒气，像尖刀那般割人。这位小贩，却在胡同遥远的深处，发出那漫长的声音：“硬面……饽饽哟……”我们在暖温的屋子里，听了这声音，觉得既凄凉，又惨厉，像深夜钟声那样动人，你不能不对穷苦者给予一个充分的同情。

其实，市声的大部分，都是给人一种喜悦的，不然，它也就不能吸引人了。例如：炎夏日子，卖甜瓜的，他这样一串地吆唤着："哦！吃啦甜来一个脆，又香又凉冰激凌的味儿。吃啦，嫩藕似的苹果青脆甜瓜啦！"在碧槐高处一蝉吟的当儿，这吆唤是够刺激人的。因此，市声刺激，北平人是有着趣味的存在，小孩子就喜欢学，甚至借此凑出许多趣话。例如卖馄饨的，他吆喝着第一句是"馄饨开锅"。声音洪亮，极像大花脸唱倒板，于是他们就用纯土音编了一篇戏词来唱："馄饨开锅……自己称面自己和，自己剁馅自己包，虾米香菜又白饶。吆唤了半天，一个子儿没卖着，没留神去了我两把勺。"因此，也可以想到北平人对于小贩吆唤声的趣味之浓了。

辑六 人生缓缓，自有答案

静，是一种气质，也是一种修养。诸葛亮云：“非淡泊无以明志，非宁静无以致远。”心浮气躁，是成不了大气候的。静是要经过锻炼的，古人叫作“习静”。

轻轻地走与轻轻地来[①]

· 史铁生

现在我常有这样的感觉：死神就坐在门外的过道里，坐在幽暗处，凡人看不到的地方，一夜一夜耐心地等我。不知什么时候它就会站起来，对我说：嘿，走吧。我想那必是不由分说。但不管是什么时候，我想我大概仍会觉得有些仓促，但不会犹豫，不会拖延。

“轻轻地我走了，正如我轻轻地来”——我说过，徐志摩这句诗未必牵涉生死，但在我看，却是对生死最恰当的态度，作为墓志铭真是再好也没有。

死，从来不是一次性完成的。陈村有一回对我说：人是一

① 选自《去来集》，史铁生著，北京：人民文学出版社，2019年6月。

点一点死去的，先是这儿，再是那儿，一步一步终于完成。他说得很平静，我漫不经心地附和，我们都已经活得不那么在意死了。

这就是说，我正在轻轻地走，灵魂正在离开这个残损不堪的躯壳，一步步告别着这个世界。这样的时候，不知别人会怎样想，我则尤其想起轻轻地来的神秘。比如想起清晨、晌午和傍晚变幻的阳光，想起一方蓝天，一个安静的小院，一团扑面而来的柔和的风，风中仿佛从来就有母亲和奶奶轻声的呼唤……不知道别人是否也会像我一样，由衷地惊讶：往日呢？往日的一切都到哪儿去了？

生命的开端最是玄妙，完全的无中生有。好没影儿的忽然你就进入了一种情况，一种情况引出另一种情况，顺理成章天衣无缝，一来二去便连接出一个现实世界。真的很像电影，虚无的银幕上，比如说忽然就有了一个蹲在草丛里玩耍的孩子，太阳照耀他，照耀着远山、近树和草丛中的一条小路。然后孩子玩腻了，沿小路蹒跚地往回走，于是又引出小路尽头的一座房子，门前正在张望他的母亲，埋头于烟斗或报纸的父亲，引出一个家，随后引出一个世界。孩子只是跟随这一系列情况走，有些一闪即逝，有些便成为不可更改的历史，以及不可更改的历史的原因。这样，终于有一天孩子会想起开端的玄妙：

无缘无故，正如先哲所言——人是被抛到这个世界上来的。

其实，说“好没影儿的忽然你就进入了一种情况”和“人是被抛到这个世界上来的”，这两句话都有毛病，在“进入情况”之前并没有你，在“被抛到这世界上来”之前也无所谓人。——不过这应该是哲学家的题目。

对我而言，开端，是北京的一个普通四合院。我站在炕上，扶着窗台，透过玻璃看它。屋里有些昏暗，窗外阳光明媚。近处是一排绿油油的榆树矮墙，越过榆树矮墙，远处有两棵大枣树，枣树枯黑的枝条镶嵌进蓝天，枣树下是四周静静的窗廊。——与世界最初的相见就是这样，简单，但印象深刻。复杂的世界尚在远方，或者，它就蹲在那安恬的时间四周窃笑，看一个幼稚的生命慢慢睁开眼睛，萌生着欲望。

奶奶和母亲都说过：你就出生在那儿。

其实是出生在离那儿不远的一家医院。生我的时候天降大雪。一天一宿罕见的大雪，路都埋了，奶奶抱着为我准备的铺盖蹚着雪走到医院，走到产房的窗檐下，在那儿站了半宿，天快亮时才听见我轻轻地来了。母亲稍后才看见我来了。奶奶说，母亲为生了那么个丑东西伤心了好久，那时候母亲年轻又漂亮。这件事母亲后来闭口不谈，只说我来的时候“一层黑皮包着骨头”，她这样说的时候已经流露着欣慰，看我渐渐长得像回事了。但这一切都是真的吗？

我蹒跚地走出屋门，走进院子，一个真实的世界才开始提供凭证。太阳晒热的花草的气味，太阳晒热的砖石的气味，阳光在风中舞蹈、流动。青砖铺成的十字甬道连接起四面的房屋，把院子隔成四块均等的土地，两块上面各有一棵枣树，另两块种满了西蕃莲。西蕃莲顾自开着硕大的花朵，蜜蜂在层叠的花瓣中间钻进钻出，嗡嗡地开采。蝴蝶悠闲飘逸，飞来飞去，悄无声息仿佛幻影。枣树下落满移动的树影，落满细碎的枣花。青黄的枣花像一层粉，覆盖着地上的青苔，很滑，踩上去要小心。天上，或者是云彩里，有些声音，有些缥缈不知所在的声音——风声？铃声？还是歌声？说不清，很久我都不知道那到底是什么声音，但我一走到那块蓝天下面就听见了他，甚至在襁褓中就已经听见他了。那声音清朗，欢欣，悠悠扬扬，不紧不慢，仿佛是生命固有的召唤，执意要你去注意他，去寻找他、看望他，甚或去投奔他。

我迈过高高的门槛，艰难地走出院门，眼前是一条安静的小街，细长、规整，两三个陌生的身影走过，走向东边的朝阳，走进西边的落日。东边和西边都不知通向哪里，都不知连接着什么，唯那美妙的声音不惊不懈，如风如流……

我永远都看见那条小街，看见一个孩子站在门前的台阶上眺望。朝阳或是落日弄花了他的眼睛，浮起一群黑色的斑点，他闭上眼睛，有点怕，不知所措，很久，再睁开眼睛，啊好了，世界又是一片光明……有两个黑衣的僧人在沿街的房檐下悄然走过……几只蜻蜓平稳地盘桓，翅膀上闪动着光芒……鸽哨声时隐时现，平缓，悠长，渐渐地近了，扑噜噜飞过头顶，又渐渐远了，在天边像一团飞舞的纸屑……这是件奇怪的事，我既看见我的眺望，又看见我在眺望。

那些情景如今都到哪儿去了？那时刻，那孩子，那样的心情，惊奇和痴迷的目光，一切往日情景，都到哪儿去了？它们飘进了宇宙，是呀，飘去五十年了。但这是不是说，它们只不过飘离了此时此地，其实它们依然存在？

梦是什么？回忆，是怎么一回事？

倘若在五十光年之外有一架倍数足够大的望远镜，有一个观察点，料必那些情景便依然如故，那条小街，小街上空的鸽群，两个无名的僧人，蜻蜓翅膀上的闪光和那个痴迷的孩子，还有天空中美妙的声音，便一如既往。如果那望远镜以光的速度继续跟随，那个孩子便永远都站在那条小街上，痴迷地眺望。要是那望远镜停下来，停在五十光年之外的某个地方，我的一生就会依次重现，五十年的历史便将从头上演。

真是神奇。很可能，生和死都不过取决于观察，取决于观察的远与近。比如，当一颗距离我们数十万光年的星星实际早已熄灭，它却正在我们的视野里度着它的青年时光。

时间限制了我们，习惯限制了我们，谣言般的舆论让我们陷于实际，让我们在白昼的魔法中闭目塞听不敢妄为。白昼是一种魔法，一种符咒，让僵死的规则畅行无阻，让实际消磨掉神奇。所有的人都在白昼的魔法之下扮演着紧张、呆板的角色，一切言谈举止，一切思绪与梦想，都仿佛被预设的程序所圈定。

因而我盼望夜晚，盼望黑夜，盼望寂静中自由的到来。

甚至盼望站到死中，去看生。

我的躯体早已被固定在床上，固定在轮椅中，但我的心魂常在黑夜出行，脱离开残废的躯壳，脱离白昼的魔法，脱离实际，在尘嚣稍息的夜的世界里游逛，听所有的梦者诉说，看所有放弃了尘世角色的游魂在夜的天空和旷野中揭开另一种戏剧。风，四处游走，串联起夜的消息，从沉睡的窗口到沉睡的窗口，去探望被白昼忽略了的心情。另一种世界，蓬蓬勃勃，夜的声音无比辽阔。是呀，那才是写作啊。至于文学，我说过我跟它好像不大沾边儿，我一心向往的只是这自由的夜行，去到一切心魂的由衷的所在。

生命[1]

· 沈从文

我好像为什么事情很悲哀，我想起“生命”。

每个活人都像是有一个生命，生命是什么，居多人是不曾想起的，就是“生活”也不常想起。我说的是离开自己生活来检视自己生活这样事情，活人中就很少那么做。因为这么做不是一个哲人，便是一个傻子了。“哲人”不是生物中的人的本性，与生物本性那点兽性离得太远了，数目稀少正见出自然的巧妙与庄严。因为自然需要的是人不离动物，方能传种。虽有苦乐，多由生活小小得失而来，也可望从小小得失得到补偿与调整。一个人若尽向抽象追究，结果纵不至于违反自然，亦

① 选自《沈从文经典名作》，沈从文著，北京：生活·读书·新知三联书店，2020年1月。

不可免疏忽自然，观念将痛苦自己，混乱社会。因为追究生命“意义”时，即不可免与一切习惯秩序冲突。在同样情形下，这个人脑与手能相互为用，或可成为一思想家、艺术家，脑与行为能相互为用，或可成为一革命者。若不能相互为用，引起分裂现象，末了这个人就变成疯子。其实哲人或疯子，在违反生物原则，否认自然秩序上，将脑子向抽象思索，意义完全相同。

我正在发疯。为抽象而发疯。我看到一些符号、一片形、一把线、一种无声的音乐、无文字的诗歌。我看到生命一种最完整的形式，这一切都在抽象中好好存在，在事实前反而消灭。

有什么人能用绿竹做弓矢，射入云空，永不落下？我之想象，犹如长箭，向云空射去，去即不返。长箭所注，在碧蓝而明静之广大虚空。

明智者若善用其明智，即可从此云空中，读示一小文，文中有微叹与沉默，色与香，爱和怨。无著者姓名。无年月。无故事。无……然而内容极柔美。虚空静寂，读者灵魂中如有音乐。虚空明蓝，读者灵魂上却光明净洁。

大门前石板路有一个斜坡，坡上有绿树成行，长干弱枝，翠叶积叠，如翠翣①，如羽葆②，如旗帜。常有山灵，秀腰白

---

① 指翠色的扇子。翣，音同“煞”，古代仪仗中用的大掌扇，用雉羽或尾制作而成。

② 指古代仪仗中以鸟羽连缀为饰的华盖。

齿，往来其间。遇之者即喑哑。爱能使人喑哑——一种语言歌呼之死亡。“爱与死为邻”。

然抽象的爱，亦可使人超生。爱国也需要生命，生命力充溢者方能爱国。至如阉寺[①]性的人，实无所爱，对国家，貌作热诚；对事，马马虎虎；对人，毫无情感；对理想，异常吓怕。也娶妻生子，治学问教书，做官开会，然而精神状态上始终是个阉人。与阉人说此，当然无从了解。

夜梦极可怪。见一淡绿百合花，颈弱而花柔，花身略有斑点青渍，倚立门边微微动摇。在不可知地方好像有极熟悉的声音在招呼：

“你看看好，应当有一粒星子在花中。仔细看看。”

于是伸手触之。花微抖，如有所怯。亦复微笑，如有所恃。因轻轻摇触那个花柄、花蒂、花瓣。近花处几片叶子全落了。

如闻叹息，低而分明。

…………

雷雨刚过。醒来后闻远处有狗吠，吠声如豹。半迷糊中卧床上默想，觉得惆怅之至。因百合花在门边动摇，被触时微抖或微笑，事实上均不可能！

---

① 指宦官。宦官一称寺人，又称阉人。

起身时因将经过记下，用半浮雕手法，如玉工处理一片玉石，琢刻割磨。完成时犹如一壁炉上小装饰。精美如瓷器，素朴如竹器。

一般人喜用教育身份来测量一个人道德程度。尤其是有关乎性的道德。事实上这方面的事情，正复难言。有些人我们应当嘲笑的，社会却常常给以尊敬，如阉寺。有些人我们应当赞美的，社会却认为罪恶，如诚实。多数人所表现的观念，照例是与真理相反的。多数人都乐于在一种虚伪中保持安全或自足心境。因此我焚了那个稿件。我并不畏惧社会，我厌恶社会，厌恶伪君子，不想将这个完美诗篇，被伪君子与无性感女子的眼目所污渎。

百合花极静。在意象中尤静。

山谷中应当有白中微带浅蓝色的百合花，弱颈长蒂，无语如语，香清而淡，躯干秀拔。花粉作黄色，小叶如翠珰。

法郎士[①]曾写一《红百合》故事，述爱欲在生命中所占地位、所有形式，以及其细微变化。我想写一《绿百合》，用形式表现意象。

---

① 即法朗士（1844—1924），法国小说家，1921年诺贝尔文学奖获得者。代表作有《金色诗篇》《波纳尔之罪》等。

“无事此静坐”[1]

·汪曾祺

我的外祖父治家整饬，他家的房屋都收拾得很清爽，窗明几净。他有几间空房，檐外有几棵梧桐，室内有木榻、漆桌、藤椅，这是他待客的地方，但是他的客人很少，难得有人来。这几间房子是朝北的，夏天很凉快。南墙挂着一条横幅，写着五个正楷大字：

“无事此静坐。”

我很欣赏这五个字的意思。稍大后，知道这是苏东坡的诗，下面的一句是：

“一日当两日。”

---

① 选自《汪曾祺全集5·散文卷》，汪曾祺著，季红真主编，北京：人民文学出版社，2021年1月。

事实上，外祖父也很少到这里来。倒是我常常拿了一本闲书，悄悄走进去，坐下来一看半天，看起来，我小小年纪，就已经有一点儿隐逸之气了。

静，是一种气质，也是一种修养。诸葛亮云：“非淡泊无以明志，非宁静无以致远。”心浮气躁，是成不了大气候的。静是要经过锻炼的，古人叫作“习静”。唐人诗云：“山中习静朝观槿，松下清斋折露葵。”“习静”可能是道家的一种功夫，习于安静确实是生活于扰攘的尘世中人所不易做到的。静，不是一味地孤寂，不闻世事。我很欣赏宋儒的诗：“万物静观皆自得，四时佳兴与人同。”唯静，才能观照万物，对于人间生活充满盎然的兴致。静是顺乎自然，也是合乎人道的。

世界是喧闹的。我们现在无法逃到深山里去，唯一的办法是闹中取静。毛主席年轻时曾采用了几种锻炼自己的方法，一种是“闹市读书”。把自己的注意力高度集中起来，不受外界干扰，我想这是可以做到的。

这是一种习惯，也是环境造成的。我在张家口沙岭子农业科学研究所劳动，和三十几个农业工人同住一屋。他们吵吵闹闹，打着马锣唱山西梆子，我能做到心如止水，照样看书、写文章。我有两篇小说，就是在震耳的马锣声中写成的。这种功夫，多年不用，已经退步了，我现在写东西总还是希望有个比较安静的环境，但也不必一定要到海边或山边的别墅中才能构思。

大概有十多年了，我养成了静坐的习惯。我家有一对旧沙发，有几十年了。我每天早上泡一杯茶，点一支烟，坐在沙发里，坐一个多小时。虽是块然独坐，然而浮想联翩。一些故人往事、一些声音、一些颜色、一些语言、一些细节，会逐渐在我的眼前清晰起来，生动起来。这样连续坐几个早晨，想得成熟了，就能落笔写出一点东西。我的一些小说散文，常得之于清晨静坐之中。曾见齐白石一小幅画，画的是淡蓝色的野藤花，有很多小蜜蜂，有颇长的题记，说这是他家山的野藤，花时游蜂无数，他有个孙子曾被蜂螫，现在这个孙子也能画这种藤花了，最后两句我一直记得很清楚："静思往事，如在目底。"这段题记是用金冬心体写的，字画皆极娟好。"静思往事，如在目底"，我觉得这是最好的创作心理状态。就是下笔的时候，也最好心里很平静，如白石老人题画所说："心闲气静时一挥。"

我是个比较恬淡平和的人，但有时也不免浮躁，最近就有点儿如我家乡话所说"心里长草"。我希望政通人和，大家能安安静静坐下来，想一点事，读一点书，写一点文章。

陋巷[1]

· 丰子恺

杭州的小街道都称为巷。这名称是我们故乡所没有的。我幼时初到杭州，对于这巷字颇注意。我以前在书上读到颜子“居陋巷，一箪食，一瓢饮”的时候，常疑所谓“陋巷”，不知是甚样的去处。想来大约是一条坍圮、龌龊而狭小的弄，为灵气所钟而居了颜子的。我们故乡尽不乏坍圮、龌龊、狭小的弄，但都不能使我想象做陋巷。及到了杭州，看见了巷的名称，才在想象中确定颜子所居的地方，大约是这种巷里。每逢走过这种巷，我常怀疑那颓垣破壁的里面，也许隐居着今世的颜子。就中有一条巷，是我所认为陋巷的代表的。只要说起陋

---

① 选自《丰子恺散文》，丰子恺著，北京：人民文学出版社，2013年11月。

巷两字，我脑中会立刻浮出这巷的光景来。其实我只到过这陋巷里三次，不过这三次的印象都很清楚，现在都写得出来。

第一次我到这陋巷里，是将近二十年前的事。那时我只十七八岁，正在杭州的师范学校里读书。我的艺术科教师L先生①似乎嫌艺术的力道薄弱，过不来他的精神生活的瘾，把图画、音乐的书籍用具送给我们，自己到山里去断了十七天食，回来又研究佛法，预备出家了。在出家前的某日，他带了我到这陋巷里去访问M先生②。我跟着L先生走进这陋巷中的一间老屋，就看见一位身材矮胖而满面须髯的中年男子从里面走出来迎接我们。我被介绍，向这位先生一鞠躬，就坐在一只椅子上听他们的谈话。我其实全然听不懂他们的话，只是断片地听到什么“楞严”“圆觉”等名词，又有一个英语“philosophy（哲学）”出现在他们的谈话中。这英语是我当时新近记诵的，听到时怪有兴味。可是话的全体的意义我都不解。这一半是因为L先生打着天津白，M先生则叫工人倒茶的时候说纯粹的绍兴土白，面对我们谈话时也作北腔的方言，在我都不能完全通用。当时我想，你若肯把我当作倒茶的工人，我也许还能听得懂些。但这话不好对他说，我只得假装静听的样子坐着，

① 指李叔同先生。

② 指马一浮先生。

其实我在那里偷看这位初见的M先生的状貌。他的头圆而大，脑部特别丰隆，假如身体不是这样矮胖，一定负载不起。他的眼不像L先生的眼地纤细，圆大而炯炯发光，上眼帘弯成一条坚致有力的弧线，切着下面的深黑的瞳子。他的须髯从左耳根缘着脸孔一直挂到右耳根，颜色与眼瞳一样深黑。我当时正热衷于木炭画，我觉得他的肖像宜用木炭描写，但那坚致有力的眼线，是我的木炭所描不出的。我正在这样观察的时候，他的谈话中突然发出哈哈的笑声。我惊奇他的笑声响亮而愉快，同他的话声全然不接，好像是两个人的声音。他一面笑，一面用炯炯发光的眼黑顾视到我。我正在对他做绘画的及音乐的观察，全然没有知道可笑的理由，但因假装着静听的样子，不能漠然不动；又不好意思问他“你有什么好笑”而请他重说一遍，只得再假装领会的样子，强颜作笑。他们当然不会考问我领会到如何程度，但我自己问心，很是惭愧。我惭愧我的装腔作笑，又痛恨自己何以听不懂他们的话。他们的话愈谈愈长，M先生的笑声愈多愈响，同时我的愧恨也愈积愈深。从进来到辞去，一向做个怀着愧恨的傀儡，冤枉地被带到这陋巷中的老屋里来摆了几个钟头。

第二次我到这陋巷，在于前年，是做傀儡之后十六年的事了。这十六七年之间，我东奔西走地糊口于四方，多了妻室和一群子女，少了一个母亲；M先生则十余年如一日，长是孑然一身地隐居在这陋巷的老屋里。我第二次见他，是前年的清明日，我是代L先生送两块印石而去的。我看见陋巷照旧是我所想象的颜子的居处，那老屋也照旧古色苍然。M先生的音容和十余年前一样，坚致有力的眼帘，炯炯发光的黑瞳，和响亮而愉快的谈笑声。但是听这谈笑声的我，与前大异了。我对于他的话，方言不成问题，意思也完全懂得了。像上次做傀儡的苦痛，这回已经没有，可是另感到一种更深的苦痛：我那时初失母亲——从我孩提时兼了父职抚育我到成人，而我未曾有涓埃的报答的母亲。我痛恨之极，心中充满了对于无常的悲愤和疑惑。自己没有解除这悲和疑的能力，便堕入了颓唐的状态。我只想跟着孩子们到山巅水滨去picnic〔郊游〕，以暂时忘却我的苦痛，而独怕听接触人生根本问题的话。我是明知故犯地堕落了。但我的堕落在我所处的社会环境中颇能隐藏。因为我每天还为了糊口而读几页书，写几小时的稿，长年除荤戒酒，不看戏，又不赌博，所有的嗜好只是每天吸半听美丽牌香烟，吃些糖果，买些玩具同孩子们弄弄。在我所处的社会环境中的人看来，这样的人非但不堕落，着实是有淘剩[①]的。但M先生的严肃的人生，显明地衬出了我的堕落。他和我谈起我所作而他所序的《护生画集》，勉励我；知道我抱着风木之悲，又为

① 作者家乡话，意即出息。

我解说无常，劝慰我。其实我不须听他的话，只要望见他的颜色，已觉羞愧得无地自容了。我心中似有一团“剪不断，理还乱”的丝，因为解不清楚，用纸包好了藏着。M先生的态度和说话，着力地在那里发开我这纸包来。我在他面前渐感局促不安，坐了约一小时就告辞。当他送我出门的时候，我感到与十余年前在这里做了几小时傀儡而解放出来时同样愉快的心情。我走出那陋巷，看见街角上停着一辆黄包车，便不问价钱，跨了上去。仰看天色晴明，决定先到采芝斋买些糖果，带了到六和塔去度送这清明日。但当我晚上拖了疲倦的肢体而回到旅馆的时候，想起上午所访问的主人，热烈地感到畏敬的亲爱。我准拟明天再去访他，把心中的纸包打开来给他看。但到了明朝，我的心又全被西湖的春色所占据了。

第三次我到这陋巷，是最近一星期前的事。这回是我自动去访问的。M先生照旧孑然一身地隐居在那陋巷的老屋里，两眼照旧描着坚致有力的线而炯炯发光，谈笑声照旧愉快。只是使我惊奇的，他的深黑的须髯已变成银灰色，渐近白色了。我心中浮出“白发不能容宰相，也同闲客满头生”之句，同时又悔不早些常来亲近他，而自恨三年来的生活的堕落。现在我的母亲已死了三年多了，我的心似已屈服于“无常”，不复如前之悲愤，同时我的生活也就从颓唐中爬起来，想对“无常”作长期的抵抗了。我在古人诗词中读到“笙歌归院落，灯火下楼台”“六朝旧时明月，清夜满秦淮”“白头宫女在，闲坐说玄宗”等咏叹无常的文句，不肯放过，给它们翻译为画。以前曾寄两幅给M先生，近来想多集些文句来描画，预备作一册《无常画集》。我就把这点意思告诉他，并请他指教。他欣然地指示我许多可找这种题材的佛经和诗文集，又背诵了许多佳句给我听。最后他翻然地说道：“无常就是常。无常容易画，常不容易画。”我好久没有听见这样的话了，怪不得生活异常苦闷。他这话把我从无常的火宅中救出，使我感到无限的清凉。当时我想，我画了《无常画集》之后，要再画一册《常画集》。《常画集》不须请他作序，因为自始至终每页都是空白的。这一天我走出那陋巷，已是傍晚时候。岁暮的景象和雨雪充塞了道路。我独自在路上彷徨，回想前年不问价钱跨上黄包车那一回，又回想二十年前做了几小时傀儡而解放出来那一会儿，似觉身在梦中。

快乐[①]

· 梁实秋

天下最快乐的事大概莫过于做皇帝。“首出庶物，万国咸宁。”至不济可以生杀予夺，为所欲为。至于后宫粉黛三千，御膳八珍罗列，更是不在话下。清乾隆皇帝，“称八旬之觞，镌十全之宝”，三下江南，附庸风雅。那副志得意满的神情，真是不能不令人兴起“大丈夫当如是也”的感喟。

在穷措大眼里，九五之尊，乐不可支。但是试起古今中外的皇帝于地下，问他们一生中是否全是快乐，答案恐怕相当复杂。西班牙国王拉曼三世（Abder Rahman Ⅲ，960）说过这么一段话：

① 选自《雅舍小品》，梁实秋著，杭州：浙江文艺出版社，2021年7月。

> 我于胜利与和平之中统治全国约五十年，为臣民所爱戴，为敌人所畏惧，为盟友所尊敬。财富与荣誉，权力与享受，呼之即来，人世间的福祉，从不缺乏。在这情形之中，我曾勤加计算，我一生中纯粹的真正幸福日子，总共仅有十四天。

御宇五十年，仅得十四天真正幸福日子。我相信他的话，宸谟睿略，日理万机，很可能不如闲云野鹤之怡然自得。于此我又想起从一本英语教科书上读到一篇寓言。题目是《一个快乐人的衬衫》。某国王，端居大内，抑郁寡欢，虽极耳目声色之娱，而王终不乐。左右纷纷献计，有一位大臣言道：如果在国内找到一位快乐的人，把他的衬衫脱下来，给国王穿上，国王就会快乐。王韪其言，于是使者四处寻找快乐的人，访遍了朝廷显要、朱门豪家，人人都有心事，家家都有一本难念的经，都不快乐。最后找到一位农夫，他耕罢在树下乘凉，裸着上身，大汗淋漓。使者问他："你快乐吗？"农夫说："我自食其力，无忧无虑！快乐极了！"使者大喜，便索取他的衬衣。农夫说："哎呀！我没有衬衣。"这位农夫颇似我们的禅门之"一丝不挂"。

常言道，"境由心生"，又说"心本无生因境有"。总之，快乐是一种心理状态。内心湛然，则无往而不乐。吃饭睡觉，稀松平常之事，但是其中大有道理。大珠《顿悟入道要门论》：

> 有源律师来问："和尚修道，还用功否？"师曰："用功。"曰："如何用功？"师曰："饥来吃饭，困来即眠。"曰："一切人总如是，同师用功否？"师曰："不同。"曰："何故不同？"师曰："他吃饭时不肯吃饭，百种须索；睡时不肯睡，千般计较。所以不同也。"律师杜口。

可是修行到心无挂碍，却不是容易事。我认识一位唯心论的学者，平素倡言意志自由，忽然被人绑架，系于暗室十有余日，备受凌辱，释出后他对我说："意志自由固然不诬，但是如今我才知道身体自由更为重要。"常听人说烦恼即菩提，我们凡人遇到烦恼只是深感烦恼，不见菩提。

快乐是在心里，不假外求，求即往往不得，转为烦恼。叔本华的哲学是：苦痛乃积极的实在的东西，幸福快乐乃消极的根本不存在的东西。所谓快乐幸福乃是解除苦痛之谓。没有苦痛便是幸福。再进一步看，没有苦痛在先，便没有幸福在后。梁任公先生曾说："人生最快乐的事，莫过于看着一件工作的完成。”在工作过程之中，有苦恼也有快乐，等到大功告成，那一份“如愿以偿”的快乐便是至高无上的幸福了。

有时候，只要把心胸敞开，快乐也会逼人而来。这个世界，这个人生，有其丑恶的一面，也有其光明的一面。良辰美景，赏心乐事，随处皆是。智者乐水，仁者乐山。雨有雨的趣，晴有晴的妙，小鸟跳跃啄食，猫狗饱食酣睡，哪一样不令人看了觉得快乐？就是在路上，在商店里，在机关里，偶尔遇到一张笑容可掬的脸，能不令人快乐半天？有一回我住进医院里，僵卧了十几天，病愈出院，刚迈出大门，陡见日丽中天、阳光普照，照得我睁不开眼，又见市廛熙攘、光怪陆离，我不由得从心里欢叫起来：“好一个艳丽盛装的世界！”

“幸遇三杯酒美，况逢一朵花新？”我们应该快乐。

匆匆[①]

· 朱自清

燕子去了，有再来的时候；杨柳枯了，有再青的时候；桃花谢了，有再开的时候。但是，聪明的，你告诉我，我们的日子为什么一去不复返呢？——是有人偷了他们吧：那是谁？又藏在何处呢？是他们自己逃走了吧：现在又到了哪里呢？

我不知道他们给了我多少日子；但我的手确乎是渐渐空虚了。在默默里算着，八千多日子已经从我手中溜去；像针尖上一滴水滴在大海里，我的日子滴在时间的流里，没有声音，也没有影子。我不禁头涔涔而泪潸潸了。

去的尽管去了，来的尽管来着；去来的中间，又怎样地

① 选自《朱自清散文》，朱自清著，北京：人民文学出版社，2014年1月。

匆匆呢？早上我起来的时候，小屋里射进两三方斜斜的太阳。太阳他有脚啊，轻轻悄悄地挪移了；我也茫茫然跟着旋转。于是——洗手的时候，日子从水盆里过去；吃饭的时候，日子从饭碗里过去；默默时，便从凝然的双眼前过去。我觉察他去得匆匆了，伸出手遮挽时，他又从遮挽着的手边过去，天黑时，我躺在床上，他便伶伶俐俐地从我身上跨过，从我脚边飞去了。等我睁开眼和太阳再见，这算又溜走了一日。我掩着面叹息。但是新来的日子的影儿又开始在叹息里闪过了。

在逃去如飞的日子里，在千门万户的世界里的我能做些什么呢？只有徘徊罢了，只有匆匆罢了；在八千多日的匆匆里，除徘徊外，又剩些什么呢？过去的日子如轻烟，被微风吹散了，如薄雾，被初阳蒸融了；我留着些什么痕迹呢？我何曾留着像游丝样的痕迹呢？我赤裸裸来到这世界，转眼间也将赤裸裸地回去吧？但不能平的，为什么偏要白白走这一遭啊？

你聪明的，告诉我，我们的日子为什么一去不复返呢？

我的理想家庭[①]

· 老舍

一个二十多岁的小伙子，讲恋爱，讲革命，讲志愿，似乎天地之间，唯我独尊，简直想不到组织家庭——结婚既是爱的坟墓，家庭根本上是英雄好汉的累赘。及至过了三十，革命成功与否，事情好歹不论，反正领略够了人情世故，壮气就差点事儿了。虽然明知家庭之累，等于投胎为马为牛，可是人生总不过如此，多少也都得经验一番，既不坚持独身，结婚倒也还容易。于是发帖子请客，笑着开驶倒车，苦乐容或相抵，反正至少凑个热闹。到了四十，儿女已有二三，贫也好富也好，自己认头苦曳，对于年轻的朋友已经有好些个事儿说不到一处，而劝告他们老老实实地结婚，好早生儿养女，即是话不投缘的

① 选自《老舍散文》，老舍著，北京：人民文学出版社，2014年1月。

一例。到了这个年纪，设若还有理想，必是理想的家庭。倒退二十年，连这么一想也觉泄气。人生的矛盾可笑即在于此，年轻力壮，力求事事出轨，绝不甘为火车；及至中年，心理的，生理的，种种理的什么什么，都使他不但非做火车不可，且做货车焉。把当初与现在一比较，判若两人，足够自己笑半天的！或有例外，实不多见。

明年我就四十了，已具说理想家庭的资格：大不必吹，盖亦自嘲。

我的理想家庭要有七间小平房：一间是客厅，古玩字画全非必要，只要几张很舒服宽松的椅子，一二小桌。一间书房，书籍不少，不管什么头版与古本，而都是我所爱读的。一张书桌，桌面是中国漆的，放上热茶杯不至烫成个圆白印儿。文具不讲究，可是都很好用。桌上老有一两枝鲜花，插在小瓶里。两间卧室，我独据一间，没有臭虫，而有一张极大极软的床。在这个床上，横睡直睡都可以，不论怎睡都一躺下就舒服合适，好像陷在棉花堆里，一点也不硬碰骨头。还有一间，是预备给客人住的。此外是一间厨房，一个厕所，没有下房，因为根本不预备用仆人。家中不要电话，不要播音机，不要留声机，不要麻将牌，不要风扇，不要保险柜。缺乏的东西本来很多，不过这几项是故意不要的，有人白送给我也不要。

院子必须很大。靠墙有几株小果木树。除了一块长方的土地，平坦无草，足够打开太极拳的，其他的地方就都种着花草——没有一种珍贵费事的，只求昌茂多花。屋中至少有一只花猫，院中至少也有一两盆金鱼；小树上悬着小笼，二三绿蝈蝈随意地鸣着。

这就该说到人了。屋子不多，又不要仆人，人口自然不能很多：一妻和一儿一女就正合适。先生管擦地板与玻璃，打扫院子，收拾花木，给鱼换水，给蝈蝈一两块绿黄瓜或几个毛豆；并管上街送信买书等事宜。太太管做饭，女儿任助手——顶好是十二三岁，不准小也不准大，老是十二三岁。儿子顶好是三岁，既会讲话，又胖胖的会淘气。母女于做饭之外，就做点针线，看小弟弟。大件衣服拿到外边去洗，小件的随时自己涮一涮。

既然有这么多工作，自然就没有多少工夫去听戏看电影。不过在过生日的时候，全家就出去玩半天；接一位亲或友的老太太给看家。过生日什么的永远不请客受礼，亲友家送来的红白帖子，就一概扔在字纸篓里，除非那真需要帮助的，才送一些干礼去。到过节过年的时候，吃食从丰，而且可以买一通纸牌，大家打打“索儿胡”，赌铁蚕豆或花生米。

男的没有固定的职业；只是每天写点诗或小说，每千字卖上四五十元钱。女的也没事做，除了家务就读些书。儿女永不上学，由父母教给画图、唱歌、跳舞——乱蹦也算一种舞法——和文字、手工之类。等到他们长大，或者也会仗着绘画或写文章卖一点钱吃饭；不过这是后话，顶好暂且不提。

这一家子人，因为吃得简单干净，而一天到晚又不闲着，所以身体都很不坏。因为身体好，所以没有肝火，大家都不爱闹脾气。除了为小猫上房、金鱼甩子等事着急之外，谁也不急赤白脸的。

大家的相貌也都很体面，不令人望而生厌。衣服可并不讲究，都做得很结实朴素：永远不穿又臭又硬的皮鞋。男的很体面，可不露电影明星气；女的很健美，可不红唇卷毛的鼻子朝着天。孩子们都不卷着舌头说话，淘气而不讨厌。

这个家庭顶好是在北平，其次是成都或青岛，至坏也得在苏州。无论怎样吧，反正必须在中国，因为中国是顶文明顶平安的国家；理想的家庭必在理想的国内也。